OETINGER TASCHENBUCH

W0410809

Alexander Smoltczyk, geboren 1958 in Berlin, ist mehrfach preisgekrönter Reporter des SPIEGEL. Fünf Jahre lang lebte er mit seiner Familie in Rom, bevor er als Korrespondent in die Vereinigten Arabischen Emirate ging. Sein erstes Kinderbuch *Päpste pupsen nicht* beruht auf tatsächlichen Erlebnissen, auch wenn das oft kaum zu glauben ist.

PÄPSTE PUPSEN NICHT

Zwei Mädchen,
eine rätselhafte Erscheinung
und eine alte Stadt

Oetinger Taschenbuch

Alexander Smoltczyk

MIX
Papier aus verantwortungsvollen Quellen
FSC® C014496

Das für dieses Buch verwendete FSC®-zertifizierte
Papier Danube liefert Salzer Papier, St. Pölten, Austria.
Der FSC® ist eine nicht staatliche, gemeinnützige Organisation,
die sich für eine ökologische und sozialverantwortliche
Nutzung unserer Wälder einsetzt.

1. Auflage 2015
Oetinger Taschenbuch GmbH, Hamburg
Februar 2015
Alle Rechte dieser Ausgabe vorbehalten
© Originalausgabe: Dressler Verlag GmbH, Hamburg 2013
Titelbild und Vignetten: Stefanie Reich
Druck: GGP Media GmbH, Pößneck
ISBN 978-3-8415-0341-1

www.oetinger-taschenbuch.de

1. Kapitel

Eine unheimliche Verwandlung und ein Zeichen am Himmel

Alles fing damit an, dass Papa unser Meerschweinchen loswerden wollte. Das hat er zwar nie zugegeben, aber so war es. Er mochte eben keine Meerschweinchenköttel in der Wohnung. Und schon gar nicht auf seinem Schreibtisch. Mein Vater ist da komisch. Dabei stinken Meerschweinchenköttel gar nicht. Sie sehen aus wie kleine Würstchen oder Müslikörner. Vielleicht war das auch der Grund. Papa isst nämlich jeden Morgen Müsli und wusste irgendwann nicht mehr, ob diese Krümel auf dem Esstisch wirklich … Auf jeden Fall hatte Papa etwas vor und er wollte nicht darüber reden.

Ich heiße übrigens Smilla und bin fast elf. Ich mag meinen Namen. Obwohl ich immer gefragt werde, wo denn dieser merkwürdige Vorname herkommt. Schließlich kann nicht jeder Lea heißen. Mama hatte damals, als ich noch in ihrem Bauch saß, einen Film im Fernsehen gesehen. Da spielte ein Fräulein Smilla mit und die Schauspielerin gefiel ihr. Es ist schon unglaublich, wie man so zu seinem Namen kommt. Ich meine, wie würde ich dastehen, wenn sie damals King Kong cool gefunden hätte. Oder Spiderman. Das wäre wirklich ein super Name, danke, liebe Eltern. »Und wie heißt du?« – »Ich heiße Spider. Ja, wie die Spinne.«

Aber vielleicht wäre dann alles ganz anders gekommen. Ganz bestimmt sogar.

Also.

Es gibt da einen Laden bei uns um die Ecke. Man hört ihn schon von Weitem. »Georgettas Vogel-Shop« heißt er. Dabei gibt es da nicht nur Vögel, sondern auch Hunde, die komischerweise immer winzig klein und süß bleiben, Fische in allen Farben, Schlangen, Katzen und weiße Mäuse (aber ich fürchte, die gehören schon zur Futterabteilung). Nur Vögel gibt es nicht, bis auf einen Papagei, der gern dicken Damen in die Hüfte kneift. Ich hatte mir immer schon ein Meerschweinchen gewünscht, am besten zwei, denn Meerschweinchen brauchen Gesellschaft, hatte ich gelesen. Also gingen Mama und ich eines Tages zu Georgetta und kauften zwei Meerschweinchen. Sie hießen Mona und Lisa und waren zwei Weibchen, das dachten wir jedenfalls. Aber irgendwann machte Mona merkwürdige Bewegungen und versuchte, Lisa auf den Rücken zu klettern. Das kam mir komisch vor und Mama unheimlich. »Smilla«, sagte

Mama. »Du musst dir einen neuen Namen für Mona ausdenken.«

Wir nannten ihn von nun an Mono.

Mono und Lisa verstanden sich weiterhin prächtig. Papa hatte ihnen auf unserem Balkon mit Maschendraht ein Gehege gebaut, nachdem Mono und Lisa einige Tage frei in der Wohnung herumlaufen durften, weil wir übers Wochenende in die Berge gefahren sind. Als wir zurückkamen, sah die Wohnung verändert aus, und Mama bekam einen Schreianfall. Man kann sich schwer vorstellen, wie viele Köttel zwei Meerschweinchen innerhalb von drei Tagen machen können. Und wo die schwarzen Würstchen überall herumliegen. Meerschweinchen sind wahre Köttel-Maschinengewehre. Papa fand es nicht so cool, als er welche in seinen Socken fand. »Die kommen jetzt auf den Balkon«, sagte er und hatte dabei einen ganz roten Kopf. Väter haben schwache Nerven, das haben meine beste Freundin Eloise und ich schon öfters bemerkt. Eines Morgens lief ein Meerschweinchen im Gehege herum, das weder Mono noch Lisa sein konnte. Ich nannte es Brownie. Es hatte ein Fell, das jeden Friseur in den Wahnsinn treiben würde. Haarpuschel in alle Richtungen, als sei es an Starkstrom angeschlossen, aber sehr süß. Seine Geschwister, die dann auch bald auftauchten, nannte ich Karamell, Julian, King und Kong. Dann gingen mir die Namen aus.

Wir wohnen in Italien, in Rom. Die Stadt ist schon so

alt, dass überall Ruinen und Säulen und Amphitheater herumstehen. Meine Eltern sagen, sie hätten immer schon einmal in Rom leben wollen und jetzt sei der richtige Moment und ich würde mich schon eingewöhnen. Das habe ich aber nicht.

Ich wollte in Berlin bleiben. Ich wollte nicht immer schon irgendwo anders wohnen. Warum müssen Leute immer dahin wollen, wo sie gerade nicht sind? Ich mochte mein Kinderzimmer. Es hatte Tapeten mit gelben Zitronen und ein Hochbett mit einem dunkelblauen Nachthimmel darüber. Ich wollte nicht umziehen.

Meine Eltern haben sich vor hundert Jahren in Italien kennengelernt. Sie standen beide im Regen an einer Tankstelle auf einem Alpenpass, zufällig an derselben Stelle, hielten die Daumen hoch und hatten die Vorstellung, jemand würde anhalten und sie trotz ihrer patschnassen Rucksäcke mitnehmen nach Italien, wo alles besser ist und wo alle zehn Meter eine Kirche steht, die nach Weihnachten riecht und wo man vor alten Bildern stehen muss. Was dann passiert ist, weiß ich nicht, aber es muss ein winzig kleiner Fiat angehalten haben, und meine Eltern schauen sich immer so »Titanic«-mäßig in die Augen, wenn sie davon erzählen. Jedenfalls wollten sie schon immer in Italien arbeiten, am liebsten in einem Institut mit Kunst, und als Mama dann ihre Stelle bekam und Papa bei einer Kunstbibliothek aushelfen konnte, tranken sie sehr viel Sekt, und Papa sagte,

Italienisch sei ganz einfach. Das würde ich schnell lernen. »Nase, zum Beispiel«, sagte er. »Nase heißt *naso*. Ganz einfach, oder? Und Papa heißt *papa*, bloß hinten betont, und Zucker heißt *zucchero* und …«

»Klappo, Papa«, sagte ich, denn das war echt nicht witzig. Ich musste meine beste Freundin in Berlin zurücklassen und den Spielplatz am Lietzensee, wo man sich an einem Seil weit über den Sand fliegen lassen konnte. In Rom gibt es jede Menge Kirchen, aber keine Spielplätze. Kinder scheint es auch keine zu geben oder die werden irgendwo weggesperrt. Die Autos fahren dir fast über die Füße, aber ständig grapschen einem wildfremde alte Tanten unters Kinn und flöten, wie schön man sei: »Ma, che sei bella …« Ich hab schon Hornhaut davon.

Kurz vor den Sommerferien hatten wir dann jedenfalls zwölf Meerschweinchen, die zusammen zwölf Mal so viel Köttel auf dem Balkon verteilten und ebenso auf allen Balkonen unterhalb von unserem. Papa ging zu Georgettas Vogel-Shop und machte eine ziemliche Szene. Georgetta sei schuld an der Meerschweinchenplage und sie müsste jetzt Brownie und die anderen zurücknehmen, und außerdem könnten wir jetzt nicht in den Urlaub fahren und so weiter. Peinlich. Georgetta erzählte etwas von dem Glück des Kinderkriegens, von Tierliebe und von Parks, wo man Tierchen nachts aussetzen könnte.

»Komm, Papa, wir gehen lieber«, sagte ich.

Das taten wir auch. Papa fing dann an, in den gelben Telefonbuchseiten nach einem Tierarzt zu suchen. »Mono wird jetzt operiert«, sagte er, »damit er keine Mini-Monos mehr machen kann.«

Papa hatte vergessen, dass inzwischen mindestens vier andere Männchen auf unserem Balkon herumliefen, aber das sagte ich ihm nicht. Im Telefonbuch gab es einen Tierarzt bei uns in der Nähe. Er hatte einen deutschen Namen, Doktor Gänsebein, deswegen rief Papa ihn an.

»Meerschweinchen? Ich kümmere mich eigentlich eher um Löwen«, sagte der Doktor. Er war Tierarzt im Zoo von Rom. Aber weil Papa so drängelte oder weil er ein netter Mensch war, machte er eine Ausnahme für uns. »Na gut, bringen Sie das Tier morgen in den Zoo.«

Ich fragte, ob das wehtäte.

»Nein, Mono bekommt eine Spritze und schläft«, sagte Mama.

So fuhr Papa am nächsten Tag mit einem Pappkarton voll Mono auf dem Schoß mit der Straßenbahn Nr. 19 über den Tiber zum Zoo. Als er ausstieg, war der Boden des Kartons schon ziemlich dicht mit Würstchen bedeckt. Wahrscheinlich war Mono genauso nervös wie Papa.

Papa erzählte später, in der Praxis von Dr. Gänsebein habe ein Nilpferd auf der Patientenliege gelegen, das hätte Zahnschmerzen gehabt. Und er sei sich sonderbar vorgekommen, wie er da mit Mono im Pappkarton zwischen den Berggorillas und Elefanten und Tapiren und Giraffen herumgewandert sei. Und er sei eigentlich auch froh, dass ich mir kein Tapirpärchen gewünscht hatte. Na ja, was Väter immer so reden. Mono jedenfalls sollte eine Nacht beobachtet und dann operiert werden. Am nächsten Tag klingelte das Handy von Papa, und Dr. Gänsebein sagte, es sei bisher alles gut gegangen. Mono hätte jetzt einen Verband und würde noch eine Nacht in der Praxis bleiben, falls Komplikationen aufträten.

»Komplikationen? Der tut so, als ginge es um den Bundespräsidenten und nicht um so ein blödes ...«

»Papa«, sagte ich, mit lang gezogenem A am Ende. Da war er still.

Am nächsten Tag kam Papa ziemlich bedrückt nach Hause und wollte erst mit Mama reden. Ich wusste schon, dass ich gleich weinen würde. Und das tat ich dann auch, den ganzen Abend und am nächsten Morgen in der Schule auch wieder. Mein Mono. Der Arzt vom Zoo hatte angerufen und gesagt, dass Mono »an Komplikationen« gestorben sei. Er hätte morgens ganz steif in seinem kleinen Käfig gelegen, ganz alleine zwischen den großen Tieren im Zoo. Ich fühlte mich, als hätte ich Pudding in den Knien und meine Hände wären aus Beton oder so was. Papa hätte eigentlich darüber froh sein sollen, dass er Mono jetzt los war, und ich glaube, er hatte schon die ganze Zeit vor, alle Schweinchen wegzugeben, egal wohin, aber irgendwie war er jetzt gar nicht mehr froh. Wir haben dann Lisa und Brownie und Karamell und alle anderen, deren Namen jetzt auch egal sind, in eine große Kiste gepackt und sind zum Zoo gefahren.

Dr. Gänsebein saß in einem Raum voll ausgestopfter Tiere. Ungewöhnliche Werbung für einen Tierarzt, dachte ich noch kurz, aber dann musste ich wieder weinen. Dr. Gänsebein war ein großer, gut aussehender Mann mit einer Frisur wie eine Haarbürste. Man hätte eine Tasse auf den Borsten abstellen können. »Tut mir leid«, sagte er, und dass er auch keine Erklärung für Monos Tod hätte. Ich wollte nur noch nach Hause.

»Wollen wir Mono begraben?«, fragte mich Mama.

»Das ist vielleicht keine so gute Idee«, sagte der Tierarzt, »weil ... Wir haben hier unsere Vorschriften im Zoo.«

»Mama, lass uns gehen«, sagte ich.

Dr. Gänsebein zeigte uns ein Freigehege hinter dem Steinbockfelsen, wo Zwergkaninchen und Meerschweinchen herummümmelten. Alle hatten glatte Haare. Aber das würde sich bald ändern. Wir ließen die Kiste mit Monos Familie im Zoo und ich bekam von der Rückfahrt nicht mehr viel mit.

»Wieso habt ihr sie denn im Zoo gelassen?«, fragte mich Eloise, als wir zusammen im Schulbus saßen.

»Ohne Mono waren alle so allein.«

Dann schaute Eloise aus dem Fenster und sagte eine Weile nichts mehr, was bei ihr selten vorkommt.

Eloise ist meine beste Freundin. Ihr Vater muss Tag für Tag eine Uniform wie aus dem Mittelalter tragen und manchmal mit einer Art Spieß herumlaufen. Er ist Schweizergardist im Vatikan. Das sind die Leibwächter des Papstes. Der Job wurde vor vielen Hundert Jahren eingeführt, als es noch keine Bodyguards gab, und dann hat man wohl vergessen, ihn wieder abzuschaffen. Eloises Vater ist ihr Chef, der Kommandant. Im Vatikan darf nur ein Kommandant Kinder haben, und so kommt es, dass Eloise das einzige Mädchen der Welt ist, das als Geburtsort »Vatikan« im Pass stehen hat. So als sei sie mit einem Heiligenschein auf die Welt gekommen. Ein Mädchen zwischen all den Priestern und Kardinälen und Bischöfen und dem Papst, die alle keine Kinder kriegen dürfen, weil Jesus vor zweitausend Jahren auch keine hatte.

Eloise und ich fahren jeden Tag von unserer Schule in der Innenstadt mit dem Bus bis zum Vatikan. Ich mag diese Nachhausefahrten. Erstens, weil die Schule dann vorbei ist, und außerdem, weil man immer merkwürdige Dinge sieht und Leute, die komische Sachen machen. Neulich schleppte jemand vorm Supermarkt ein großes Kreuz mit sich herum und hatte eine braune Kutte an. Und manchmal sieht man hoch oben im Himmel Vogelwolken, die wie verrückt über die Dächer jagen. Das sind Starenschwärme. Es gibt sie nur in Rom. Sie knäueln sich zusammen und stieben auseinander und drehen Kurven oder rasen wie ein Kugelblitz in die Platanen. Heute war es wieder so.

Ich schaute aus dem Busfenster hinaus, als wir gerade über die Tiberbrücke fuhren, und sah die Starenwolke über der Engelsburg tanzen.

»Du, Eloise …«, sagte ich.

»Was denn?«

»Spinn ich? Schau mal selbst. Da stimmt etwas nicht«, sagte ich und zeigte zum Himmel.

Denn da stimmte wirklich etwas nicht.

Und zwar ganz und gar nicht.

2. Kapitel

Freundinnen sind das Wichtigste im Leben.
Aber sie machen es einem auch
ganz schön schwer

Ich habe keine Schwester. Das verzeihe ich meinen Eltern nicht. Aber dann denke ich an meine Freundin Rafaela. Die hat eine ältere Schwester, die ziemlich merkwürdig ist. Das finde ich jedenfalls und Rafaela sowieso. Wenn die beiden sich zanken, dann setzt sich Rafaelas Schwester auf Rafaelas Gesicht und pupst. Das muss man sich mal vorstellen. Ziemlich unangenehm. Trotzdem hat Rafaela ihre Schwester meistens sehr gern.

Eloise hat auch keine Schwester, vielleicht sind wir deswegen auch die besten Freundinnen. Eloise ist einen Tick kleiner als ich und hat die Angewohnheit, von oben über ihre Brille zu schauen, wie es alte Verkäufer machen. Die anderen in unserer Klasse finden sie affig, aber das stimmt nicht. Sie will nur nicht mit jedem gleich gut Freundin sein.

Auf jeden Fall kann man sich auf sie verlassen, wenn es darauf ankommt. Am ersten Tag, als Eloise vor der Klasse stand und Frau Tiedemann sagte: »Das ist Eloise, sie kommt aus der Schweiz. Und was macht dein Vater so?«, da hat Eloise nichts gesagt. Sie hat einfach kein Wort gesagt, sondern nur geradeaus geschaut. Bestimmt eine Minute lang. Dann sagte sie: »Stammen Adam und Eva eigentlich auch vom Affen ab?«

Ich weiß bis heute nicht, wie sie darauf kam. Aber ich weiß, dass Frau Tiedemann ganz rote Ohren bekam und Eloise schnell auf einen freien Stuhl bugsierte. Und ich wusste in diesem Moment, dass Eloise meine beste Freundin werden würde.

Eigentlich müsste ich jetzt weitererzählen, was uns im Schulbus auf der Tiberbrücke passiert ist. Das kommt schon noch. Aber zuerst muss ich von Eloise reden, denn ohne sie hätte ich diese Geschichte nicht durchgestanden. Glaube ich jedenfalls.

Damals brauchte ich wie gesagt dringend eine beste Freundin. Du bist einfach völlig allein, wenn du mitten im Schuljahr in eine Klasse kommst, wo sich alle schon von der Krabbel-und-Windel-Gruppe kennen. In so eine Klasse zu kommen, ist, als würde man bei der Reise nach Jerusalem immer die Letzte ohne Stuhl sein. Die Musik hört auf, alle sitzen und du stehst als Einzige rum. So ungefähr war mein erstes halbes Jahr. Bis Eloise kam.

Beste Freundinnen fallen vom Himmel. Man weiß im ersten Moment, ob es die Richtige ist. Sie hat lustige Ohren oder riecht gut oder sagt komische Sätze und man möchte dann immer nur diese Ohren anschauen oder an ihr riechen oder auch komische Sätze sagen. Ich habe Eloise jedenfalls gleich nach ihrer Telefonnummer gefragt. Und am nächsten Nachmittag habe ich alle Sachen, die ich liebe, in eine Reisetasche gepackt. Meinen Kuschelhund Billy, die aufgeschnittene Muschel, die Papa mir mitgebracht hat, das Foto von meinem Cousin und das von meiner bis-dahin-besten Freundin aus Berlin und den anderen Kindern von der Lietzensee-Schule, meine Blockflöte und den geheimen Brief, den ich mal im Schulbus gefunden habe.

Dann habe ich Mama gefragt, ob sie mich zu Eloise bringt. »Das geht nicht«, hat Mama gesagt. »Eloises Eltern wohnen nicht in Italien.«

»Wieso das nicht?«

»Sie wohnen im Vatikan und da kann man nicht einfach reingehen«, hat Mama gesagt. Aber dann hat sie doch angerufen und wir sind losgelaufen.

Eloise stand mit ihrer Mutter an einem Tor in einer hohen Mauer. Es sah aus wie ein Burgtor, mit echten Wachen in Uniformen wie aus dem Harry-Potter-Film, den ich erst nicht sehen durfte. »Ich muss wohl draußen bleiben«, sagte Mama, und es hörte sich an, als würde sie eines dieser Schilder am Supermarkt vorlesen.

»Okay, dann tschüs«, sagte ich. Eloise hatte ihr Kinderzimmer gleich hinter der Mauer, wo die Wachen wohnen. Ich ging rein, packte meine Tasche aus und erzählte zu jedem Ding eine Geschichte. Zu Billy, zur Muschel, zu dem Brief. Dann wusste sie, dass wir jetzt beste Freundinnen waren.

Eloise sagte, es sei blöd, im Vatikan zu wohnen. Die Leute hier hätten keine Familien, würden immer so fromm tun und einem unterm Kinn kraulen.

»Das kenn ich«, sagte ich.

Dann erzählte sie von Geheimgängen und verbotenen Bibliotheken und dass es einen Turm mit meterdicken Mauern gebe, in dem der Schatz des Papstes aufbewahrt wird. Das habe ich ihr erst nicht geglaubt.

In der Schule saßen wir von nun an nebeneinander.

Wenn wir im Fernsehen sahen, dass der Papst eine Reise machte, dann wusste Eloise immer ganz genau, wo ihr Vater gerade war. Denn der muss immer auf der linken Seite des Papstmobils laufen. Damit niemand dem Papst einen Kuss gibt oder eine Torte wirft. Eloises Vater hat dann einen Knopf im Ohr, schaut sehr streng und blickt wie ein Leuchtturm in alle Richtungen. Aber nur Eloise und ich wissen, was er unter seiner Uniform trägt. Nämlich ein kleines Stoffkamel, das Eloise ihm als Glücksbringer mitgegeben hat. Selbst der Papst weiß nichts davon und das will einiges heißen.

Aber warum erzähle ich das? Eigentlich nur, um klarzumachen, dass Eloise genau die richtige Freundin ist, wenn es darum geht, einem Geheimnis auf die Spur zu kommen. Und mit nichts anderem hatten wir es, in einem harmlosen Schulbus sitzend, zu tun.

Da passierte nämlich gerade etwas, was nicht passieren dürfte.

Die Stare über der Engelsburg bewegten sich anders als sonst. Sie hatten sich zusammengeballt wie immer, aber plötzlich beulte sich die Wolke aus, wurde immer spitzer, bis nur noch ein einziger Vogel vorne flog. Dann zog ein anderer nach oben, ein dritter zur Seite und zwei weitere blieben ein wenig zurück, bis der ganze Schwarm die Form eines – ja: »Ein Gesicht …«, flüsterte mir Eloise ins Ohr, ganz dicht, sodass es im Rücken kribbelte.

»Das kann nicht sein«, flüsterte ich zurück, obwohl ich wusste, dass sie recht hatte. Genau so war es. Für einen winzigen Moment hatte ich es gesehen, die Nase, die Augenhöhlen, die langen, wehenden Haare. Und dann plötzlich zog sich die Wolke auseinander und wieder zusammen, und die Vögel bildeten einen Pfeil, als hätten sie ein Ziel. Als wollten sie auf etwas zeigen oder als wären sie ferngesteuert. Da flitzte ein dunkler Pfeil, aus Tausenden von Starenvögeln gebildet, über die Dächer der Stadt. Das war keine Täuschung, das war echt. Die anderen Kinder im Bus dösten wie üblich vor sich hin oder klickerten auf ihren

Nintendos. Der Busfahrer, Signor Bruno, war mit dem Verkehr beschäftigt und hörte Fußballgerede im Radio. Aber wir hatten es gesehen.

Als ich wieder zur Engelsburg schaute, waren die Vögel immer noch da, aber der Pfeil war verschwunden. Nur noch ein zwitschernder, wirr herumziehender Schwarm war zu sehen, der kreuz und quer durch den Himmel jagte. Wie ein aufgepusteter Luftballon, den man ohne Knoten loslässt.

»Smilla«, sagte Eloise nach einer Weile. »Wenn du gesehen hast, was ich gesehen habe …«

»Eloise, ich habe gesehen, was du gesehen hast, und so etwas habe ich noch nie gesehen und du auch nicht«, sagte ich ziemlich gleichzeitig, denn wirklich sehr gute Freundinnen können gleichzeitig reden und sich trotzdem zuhören.

»… dann sind wir entweder beide ziemlich durcheinander oder das war ein ziemlicher Zufall oder …«, sagte Eloise, und ich: »… es war kein Zufall und wir sind nicht verrückt, sondern hier passiert etwas.« Vögel können zwar denken, aber nur bis zum nächsten Wurm und bis zum Rand ihres Nests. Sie können jedenfalls nicht schreiben und schon gar keine Pfeile in den Himmel. Oder Gesichter. Das gibt es nicht. Das wäre ein Wunder und Wunder gibt es Eloises Erfahrung nach eher selten in der Welt.

»Sollen wir die Polizei rufen?«, fragte ich.

»Damit sie die Stare nach dem Flugschein fragen? Super Idee, Smilla. Quatsch, lass uns lieber aufpassen, ob es noch mal passiert. Und dann gehen wir zur Zeitung und werden berühmt.«

Das gefiel mir. Ich sagte, es sei mir im Grunde ganz egal, ob die Vögel eine Meise haben oder plötzlich einen Kunstflugschein absolvieren. »Wir können ja so tun, als wäre das ein großes Geheimnis und wir sind zwei beste Freundinnen und lösen es. Das ist jedenfalls besser als fernsehen.«

Wir berieten uns noch ein wenig, dann stieg ich am grünen Müllcontainer vor unserem Haus aus, dort, wo ich auch jeden Morgen warte, bis der Schulbus kommt. »Trau dich einfach und klingele. Und erzähl mir morgen, wie's ausgegangen ist«, rief Eloise, als die Schiebetür schon zuratterte.

»Okay«, sagte ich.

Eloise hatte eine von ihren Ideen gehabt. Das ist schon in Ordnung. Aber – warum bin ich es immer, die Eloises Ideen ausführen soll?

»Ciao, Francesco«, sagte ich zu unserem Hausmeister. Er saß wie jeden Mittag rauchend hinter seiner Glasscheibe und versuchte, ein Kreuzworträtsel zu lösen. »Ciao, Smilla, ciao bella.«

Brauche ich wohl nicht groß zu übersetzen. Als ich im Fahrstuhl in den siebten Stock hochruckelte, wusste ich immer noch nicht genau, weshalb ich nicht gleich Nein zu Eloises Schwachsinnsidee gesagt hatte.

Und dann hielt der Fahrstuhl auch noch genau dort, wo ich auf gar keinen Fall hinwollte.

3. Kapitel

Weshalb es hinter dem letzten Stock noch weitergeht und was die Fratelli-Brüder für ein Geheimnis haben

Mit dem Fahrstuhl zu unserer Wohnung zu fahren, ist jedes Mal eine Achterbahnfahrt, nur ohne Kurven. Alles klappert und quietscht, und man steht in einem Eisenkäfig, in dem bestimmt schon Julius Caesar gestanden hat. Durch den Schlitz in der Tür kann man die Stockwerke sehen. Den Hautarzt im ersten Stock, die Tür von dem alten Mann mit dem Hut, den sie den General nennen, dann die Praxis von Dr. Basiliko, zu dem immer die Leute gehen, die einem nicht in die Augen schauen können. Papa sagt, unser Haus sei wie ein Dorf, nur übereinandergestapelt und ohne Kühe. Das sagt er immer, wenn jemand zu Besuch kommt, und dann freut er sich, wenn der Besuch darüber lacht. Väter sind sehr einfache Wesen. Mütter sind komplizierter. Sie haben manchmal Momente, wo sie glauben, einen erziehen zu müssen. Das geht vorbei, ist aber lästig.

Der Fahrstuhl wurde plötzlich langsamer und hielt im vierten Stock. Da stand Benito. Keine Ahnung, welcher kranke Film seine Eltern zu dem Namen gebracht hat. Jedenfalls war Benito genau der Typ Junge, auf den ich sehr gut verzichten kann. Er sah aus, als sei er mit Nutella und Nudeln großgezogen worden, so dick, dass sein Hemd vorne nicht in die Hose passte. Aber überzeugt davon, dass er mit seinem bisschen Body-Bildung der Schlauste, Schönste und Stärkste in der Straße war und dass Mädchen nur dazu da sind, von ihm geärgert zu werden. Besonders Mädchen mit Brille, die blöde Namen tragen. Wir waren einmal bei Benitos Eltern zum Essen eingeladen. Es gab Fisch. Benito wollte unbedingt den Kopf haben. Er liebt es, mit der Gabel in die Fischaugen zu stechen. Immer, wenn ich ihn sehe, muss ich an diese Augen denken.

»Ciao, Smiley«, sagte Benito, als er sich im vierten Stock in den Lift quetschte. Dann packte er einen Schokoriegel aus, stopfte ihn sich in den Mund und ließ das Einwickelpapier fallen. »Oh, hoppla«, sagte er und schaute mich dabei die ganze Zeit an. »Das macht man ja nicht, oder Smiley?« Das Problem mit Benito ist, dass er leider nicht ganz so dumm ist, wie er aussieht. Er kann ziemlich schlau sein und interessiert sich für alles. Vor allem für Sachen, die ihn nichts angehen.

»Mensch, Benito, versuch es erst gar nicht«, sagte ich. »Wirklich doof übrigens, das mit deinem Meerschwein.«

Zum Glück klickte etwas und der Lift kam im sechsten Stock zum Stehen. Benito riss die Fahrstuhltür und seinen schokoriegelverschmierten Mund gleichzeitig auf: »Kommt ein Vöglein geflogen …«, krähte er und ließ die Tür zukrachen, »… schreibt der Smiley einen Gruß.«

Nein, das konnte er nicht gesagt haben. Ich musste Benito falsch verstanden haben. Aber bei diesem Typen war alles merkwürdig, und ich dachte schon nicht mehr daran, als ich zu uns in die Wohnung kam. Ich fragte mich nur, ob ich Benito von Monos Tod erzählt hatte. Hatte ich eigentlich nicht.

»Hallo, Mama …«

»Hallo, Smillchen, gut, dass du da bist.« O nein. Das klang nicht gut. »Smillchen« war schon eine Beleidigung, aber der Rest des Satzes war nicht viel besser. »Du wolltest doch Tante Maja zum Geburtstag eine Karte schreiben oder etwas malen.«

Eltern, wie gesagt, sind wichtig und durchaus nicht unpraktisch, und es kann in gewissen Situationen von Vorteil sein, sie dabeizuhaben. Aber sie haben einen Nachteil. Im ungünstigsten Moment wollen sie, dass man wie im Kindergarten Buntstifte rausholt und Bilder mit lächelnden Gesichtern vollmalt. Ich male dann immer viel Himmel, das geht am schnellsten und kommt gut an.

Unser Palazzo hat eigentlich nur sieben Stockwerke. Auch der Fahrstuhl hat nur sieben Knöpfe (und einen roten für Alarm, aber der geht nicht, wie mein bekloppter Cousin einmal ausprobiert hat). Doch es gibt eine Treppe, die führt noch höher hinauf. Überm letzten Stock geht's weiter sozusagen. Keiner geht dort hoch außer zwei Brüdern, die auch im Sommer dunkle Mäntel anhaben und immer einen Schlapphut auf dem Kopf. Das sind die »Fratelli Fratelli«. So steht es jedenfalls an der Tür. Fratelli ist ihr Nachname. Und Fratelli heißt Brüder. Deswegen. Über die Brüder wird viel erzählt, obwohl niemand genau weiß, was sie eigentlich machen. Denn die Fratellis kommen spätabends die Stufen heruntergeschlurft und sind morgens schon wieder zurück, wenn Francesco seine Hausmeisterloge aufschließt. Es heißt, sie hätten ihr ganzes Leben bei ihrer Mutter gewohnt, jeden Tag Pasta gekocht bekommen und darüber völlig vergessen, selbst einen Beruf zu erlernen. Dann starb die Mama, vererbte den beiden Brüdern die Wohnung, aber es war niemand mehr da, der für sie sorgte. So wurden sie ein wenig merkwürdig, die Fratellis, ließen sich die Haare wachsen und gingen tagsüber nicht mehr aus dem Haus.

Das wäre alles auch ziemlich egal, wenn ich nicht jetzt nach oben gehen müsste, um bei den Fratelli-Brüdern zu klingeln.

Das hatte Eloise vorgeschlagen, und ich war zu blöd gewesen, Nein zu sagen.

»Du gehst einfach hoch und fragst, ob du mal aufs Dach steigen kannst.«

»Hmmm«, meinte ich und wollte »Aber …« sagen, aber da redete Eloise, meine beste Freundin, schon weiter: »Vom Dach oben hast du die beste Aussicht. Du musst den ganzen Himmel sehen. Und euer Haus ist nun mal das höchste in der Gegend.«

»Es ist doch nur ein Spiel …«, hatte ich gesagt, und Eloise: »Das ist es ja gerade. Wir spielen, dass es ernst ist, und deswegen müssen wir auch so tun, als ob. Also trau dich.«

Sich trauen ist eine prima Sache, wenn man darüber redet, vorher oder nachher. Sonst nicht. Ich trau mich nicht gern.

Im Treppenhaus vor der Wohnung der Fratellis roch es stark nach Suppe. Das heißt, es war eigentlich ein sonderbarer Geruch, nicht Fisch, nicht Gemüse, nicht Hühnchen, aber auch nicht eklig. Dann klingelte ich. Hinter der Tür hörte ich jemanden heranschlurfen. Ein Gesicht mit fettigen Haaren und überall Bart schaute mich von oben an. Das war Giovanni, der mir manchmal einen Schokoriegel von der Dachterrasse zuwirft. »Ciao, Smilla, musst du keine Hausaufgaben machen? Hast du ein bisschen Hunger? Wir haben gerade etwas auf dem Feuer.«

Wenn ich jetzt dazu aufgelegt gewesen wäre, hätte ich herausfinden können, was Giovanni in der letzten Woche alles zu Mittag gegessen hatte. Die Nudeln, Gräten und Soßenreste klebten jedenfalls noch in seinem Bart. Sogar ein grüner Drops hing unter seinem Ohr. Ich versuchte, nicht hinzuschauen, und wollte irgendetwas sagen wie: »Hausaufgaben sind was für Mädchen, die nichts verstanden haben.« Aber ich sagte nur: »Ciao. Nein, wir haben nichts auf.«

»Wer nichts aufhat, hat mehr vom Leben«, brummelte Giovanni lächelnd hinter seinem Bart hervor. Einen Moment lang dachte ich, dass die Fratelli-Brüder so aussehen, wie man in Kinderbüchern immer Räuber beschreibt.

»Wir sollen nur in der Schule was über Vogelschwärme schreiben, und da dachte ich, ich komme mal hoch, weil man hier bestimmt eine prima Aussicht hat«, sagte ich und versuchte, so zu tun, als sei es das Allernormalste auf der Welt, wildfemden Leuten aufs Dach zu steigen.

»Vögel? Sonderbar. Wieso ausgerechnet jetzt? Komm, setz dich erst mal. Wir wissen nämlich alles über Vögel.«

In der Wohnung stand eigentlich nichts außer einem runden Holztisch mit einer runden Öffnung in der Mitte, dessen Tischplatte noch rettungsloser mit Fett, Gräten und Krümeln verkrustet war als der Bart Giovannis. Über der Tischöffnung hing an einer Kette ein Kessel und unter dem Kessel brannte ein Gaskocher.

»Komm, iss mit uns«, sagte der andere Fratelli, der genauso fettig wie sein Bruder war und Mauro hieß. »Die Nudeln deiner Mutter kannst du immer noch essen. Aber unsere Suppe gibt's nur einmal auf der Welt.«

Das war genau meine Befürchtung. Was da in dem Kessel blubberte, sah aus, als hätte jemand eine Biotonne hineingekippt. »Meine Mutter sagt eigentlich, ich soll vorm Essen nichts essen«, murmelte ich, ohne dass jemand zuhörte. Es roch aber nicht so schlimm, wie es aussah.

»Lass es dir schmecken«, sagte Giovanni und schob mir kleckernd einen Teller zu. »Was ist denn in der Suppe?«, versuchte ich Zeit zu gewinnen.

Die Brüder schauten sich glücklich an. Dann erzählten sie mir, wie sie jede Nacht durch die Stadt zogen und sich etwas zu essen suchten. Auf den Märkten und hinter den Restaurants am liebsten, aber manchmal auch in Containern.

»Hier ein Hühnchen, dort ein Gürkchen und dort ein Fischchen. Du findest immer etwas, steckst es ein und trägst es nach Hause.«

»Nach Hause«, sagte der andere Bruder und nickte.

Giovanni hievte einen Beutel auf den Tisch und begann, merkwürdig aussehende Gemüsereste, einen Apfel und eine Handvoll Pommes in den Kessel zu werfen. Offenbar war es völlig egal, was in die Suppe kam. »Schmeckt jeden Tag ein wenig anders …«

»Anders«, wiederholte sein Bruder, »aber immer verflucht gut.«

Ich hatte keinen Hunger mehr und sagte: »Danke, vielleicht später. Kann ich jetzt mal aufs Dach?«

»Natürlich. Aber vorher möchte ich dir noch etwas zeigen …« Giovanni bückte sich und schien etwas unter dem Tisch zu suchen. Dann tauchte er, etwas außer Atem, mit einer zerfledderten blauen Hochglanzzeitschrift in der Hand auf und redete weiter: »Hier, das haben wir neulich aufgesammelt. Da steht etwas drin über die Vogelschwärme.« Er blätterte in dem Heft und hielt es sich dabei dicht vor die Augen. »Aha, genau. Also, hier steht es. Schon zu den Zeiten von Kaiser Diokletian«, Giovanni hatte Mühe mit dem Wort und sprach jetzt sehr langsam, »gab es in Rom die Starenschwärme. Es sind ungemein gesellige Tiere, die alles gemeinschaftlich verrichten. Bis heute ist unerforscht, weshalb die Schwärme über die Jahrhunderte immer an den gleichen Orten auftreten.«

Er klappte das Heft zufrieden zu und schaute mich an wie ein Hund, der gestreichelt werden will.

»Es war also schon bei den alten Römern so mit den Staren. Aber seit ein paar Tagen hat sich etwas geändert. Weißt du«, sagte er wieder, »wir gehen tagsüber ungern raus. Wir sitzen dann hier oben und schauen auf die Stadt. Du denkst vielleicht, die Stadt ist immer die Gleiche. Aber das stimmt nicht.«

»Stimmt nicht«, nickte der andere Fratelli und rührte weiter in der Suppe.

»Wenn du genau hinschaust, ist eine Stadt immer anders. Wie das Meer. Man denkt, es ist immer dasselbe, aber jede Welle ist anders, oder?«

Ich nickte und stand wieder auf, doch eine sehr behaarte Hand drückte mich zurück auf den Stuhl. »Moment noch. Weißt du, wenn man so wie wir nachts durch die Straßen zieht und am Tag von oben auf sie schaut, dann merkt man Dinge, die andere nicht merken. Und ich sage dir: Mit den Staren stimmt etwas nicht. Die fliegen anders als sonst. Bestimmt ist der Klimawandel dran schuld oder die vielen Autos oder der Krach oder das viele Licht nachts, keine Ahnung. Aber merkwürdig ist es. Sehr merkwürdig.«

Ich stieg eine Wendeltreppe nach oben. Es war sehr windig und klar und die Stadt war plötzlich ganz niedrig. Unten hupte und knatterte es. Weit weg sah ich die Berge, davor die Pinienbäume vom Borghese-Park, wo man Viererfahrrad fahren kann, all die Antennen und Wäsche auf den Dächern, die Brücke über den Fluss Tiber und sogar Georgettas Vogel-Shop entdeckte ich. Nur ein Gebäude war jetzt noch höher. Es stand wie ein Gebirge zwischen den Häusern und hatte eine gewaltige Kuppel: der Petersdom, die größte Kirche der Welt. Jetzt musste ich nur noch warten, bis die Vögel kamen.

Unsinn. Ich musste nur ein bisschen so tun, als würde ich abwarten, damit ich es Eloise morgen erzählen konnte. Es war ja nur ein Spiel. Wieso sollten ausgerechnet jetzt die römischen Vögel Pirouetten drehen, nur weil ein fast elfjähriges Mädchen auf dem Dach ihres Hauses steht und in den Himmel starrt?

»Hey, wissen deine Eltern eigentlich, dass du hier oben bist?«, rief einer der Fratellis von unten.

»Ja, aber die würden mir das mit dem Schwarm sowieso nicht glauben«, sagte ich, dabei hatte ich das gar nicht sagen wollen. Aber wieso hatte ich es dann gesagt? »Ist ja auch nur für die Schule«, rief ich schnell hinterher. Das hilft fast immer.

Ich musste mich beeilen. Aber es passierte nichts am Himmel. Ich schaute über die Dächer und dachte an Mono und Lisa und daran, ob ich vielleicht eine unheimliche Krankheit hätte, irgendetwas, von dem man lila Ausschlag auf dem Rücken, Zitterknie und Haarausfall bekommt. Das passiert mir manchmal. Immer wenn ich in den Nachrichten von irgendwelchen Viren höre. Oder komischerweise auch von Erdbeben. Egal, wie weit entfernt die sind. Oder von Tsunamis, diesen riesigen Wellen, die plötzlich heranrauschen, sich aufbäumen und immer lauter werden und dann –

Dann war plötzlich um mich herum ein Rauschen in der Luft. So als würde ein Orkan kommen oder ein Zug vorbeirasen. Es war überall und nirgends, alles drehte sich, der ganze Himmel war verschwunden: die Starenwolke. Sie war direkt über unserem Haus. Sie taumelte und tschilpte und jagte über die Dächer, ohne jede Richtung. Oder?

»Hey, komm runter, die Suppe wird kalt«, rief Giovanni wieder von unten. »Momento!«, erwiderte ich und merkte mal wieder, dass Italienisch wirklich einfach war.

Der Schwarm tobte übermütig weiter wie ein junger Hund im Park. Doch dann erstarrte er plötzlich, als hätte er ein Signal bekommen, für eine Mikromillisekunde nur, bevor er weiterzog. Genau wie vorhin, als wir im Schulbus saßen. Was war das? Ich hatte es von unten schlecht erkennen können. Irgendeine Form. Mir wurde ganz kalt im Bauch und kribbelig. Ich dachte erst, das kann nicht wahr sein, aber dann sah ich es. Ganz wirklich. Als wenn du aus dem Kino kommst und das Schweinchen Babe steht an der Ampel und sagt: »Sauwetter heute, was?« Das hier war kein Spiel. Und jetzt konnte ich auch genau sehen, wohin die Vögel flogen, als würde sie jemand an einem Faden ziehen. Es war die Spitze der gewaltigen grauen Kuppel, die von hier oben so groß schien, als wollte sie alle anderen Häuser der Stadt unter ihre Fittiche nehmen.

Die Kuppel des Petersdoms.

4. Kapitel

Wie man sich in den geheimsten Ort der Welt hineinschmuggelt und weshalb dort alle Katzen Rambo heißen

Am nächsten Nachmittag verabredete ich mich mit Eloise, um bei ihr Hausaufgaben zu machen. Das ist bekanntlich die beste Ausrede, um endlich einmal ungestört zu sein. Ich hatte schon erzählt, dass Eloises Kinderzimmer hinter einer zwanzig Meter hohen Mauer aus Steinblöcken und Ziegeln lag, deren Eingänge so streng bewacht sind wie das Privatzimmer des Papstes. »Der Vatikan ist so unzugänglich wie der Mond und genauso bekannt wie die Rückseite vom Mond.« Hat Papa so ähnlich mal gesagt. Da war mir zum ersten Mal aufgegangen, dass ich nur eine Seite vom Mond vom Sehen kannte. Die andere ist vielleicht ganz glatt. Oder grün statt gelb. Mit dem Vatikan ist es auch so. Zum Beispiel weiß niemand, dass es dort einen Kinderspielplatz gibt. Was soll ein Papst auch mit einem Buddelkasten? Schaukeln

Kardinäle vielleicht gern in ihrer Freizeit? Die Gardisten nannten ihn den Spielplatz-der-keiner-ist, weil sie manchmal dorthin gingen, um Bier zu trinken. Weil es außer Eloise keine Kinder im Vatikan gab und weil alle vergessen hatten, welcher Papst wann einmal auf den Gedanken gekommen war, auch einen Spielplatz haben zu müssen. Genau auf dieser Schaukel war ich jetzt verabredet.

Ich lief an der Schlange von Touristen vorbei, die wie immer entlang der Vatikanmauer standen und versuchten, sich nicht mit Eis zu bekleckern. An den Wänden der Häuser klebten Plakate mit dem Bild eines Mannes, der aussah wie ein Zirkusdirektor, braun gebrannt wie ein Grillhähnchen und mit einem Grinsen, das noch über sein Gesicht hinauszuragen schien. Das war der Ministerpräsident und er wollte unbedingt wiedergewählt werden, wie alle Politiker. Vor der Porta Angelica, dem Tor zum Allerheiligsten, versuchte eine Gruppe Pilger in rosa T-Shirts, sich zusammen mit den Gardisten zu fotografieren. Ich ging an ihnen vorbei und schnurstracks durch das Tor, wie selbstverständlich, als wäre ich die neue Päpstin und wollte mir mal die Räume anschauen.

»Grüezi, ja, wo wollen wir denn hin?« Das war der Gardist. Grinsend stand er da, mit Federpuschel auf der Mütze und einem Ritterspieß in der Hand, als wollte er zum Karneval. Am Anfang, als die Wächter mich noch nicht kannten, hatte mir Eloise gesagt, was man jetzt antworten muss, um hineinzukommen. Sie hatte mir ein Codewort verraten, einen lateinischen Schlüssel, um das Tor in der Mauer zu öffnen. Ich darf das Wort natürlich nicht weitersagen. Aber es bleibt ja unter uns.

»Elemoseria Apostolica.«

Ich hatte im Schulbus lange geübt, um es flüssig aussprechen zu können. »Ellemohserieja Ahposstohlieka.« Das Sesam-öffne-dich im Vatikan. Das Wort der Worte, wenn man in den geheimsten Ort der Welt hineinkommen möchte. Das ist ein Büro, wo man sich seinen persönlichen Segen vom Papst abholen kann. Niemand kennt das Büro. Aber Eloise war schon mal dort und hat sich die Preisliste angesehen. Kleine Segen sind billig. Aber Supersegen, mit deinem Namen und Foto vom Papst und mit Autogramm in goldener Tinte, die kosten richtig viel. »So eine Art Jahresabo für Schutzengel-Dienste jeder Art«, meinte Eloise. Jedenfalls darf eigentlich jeder zu diesem Amt. Aber uneigentlich hat kein Mensch je davon gehört.

Außer mir. Der Gardist hatte etwas gestaunt, dann geniest, dass sein Federpuschel staubte, und seinen Spieß beiseitegeschoben. Ich glaube, er hatte sogar salutiert. Aber jetzt brauchte ich kein Passwort mehr. Die kannten mich. »Selber Grüczi«, sagte ich dem Gardisten, salutierte und versuchte, nicht auch zu grinsen: »Die Tochter des Kommandanten erwartet mich bereits.«

Hinter dem Tor war ich in einer anderen Welt. Man hörte

kein Hupen mehr durch die dicken Mauern und überall huschten Männer in schwarzen Kleidern herum. Es war wie in einem Museumsdorf, mit Kopfsteinpflaster, Gardisten, einem dicken Wachturm und jeder Menge teurer Paläste. Es hätte nur noch gefehlt, dass eine Kutsche mit sechs weißen Pferden vorbeirumpelte. Aber das konnte ja noch kommen.

»Ja, wen haben wir denn da?« Ich erschrak nicht schlecht über diese Stimme direkt hinter mir. Es war ein dünner Mann mit einer Borstenfrisur, so gerade rasiert, dass man eine Tasse darauf abstellen könnte. Er hatte eine schwarze Umhängetasche dabei und es offensichtlich sehr eilig.

»Hallo, Doktor Gänsebein«, sagte ich. Was machte der denn hier im Vatikan?

»Was machst du denn hier im Vatikan?«, fragte der Doktor.

»Ich …«, antwortete ich und überlegte, wie ich den Satz zu Ende bringen sollte. Denn eigentlich hätte der Tierarzt mich fragen müssen, wie es mir geht, ohne meinen Mono. Das tat er aber nicht, sondern redete gleich weiter.

»Willst du Nonne werden? Würde dir bestimmt gut stehen, so eine Kutte«, sagte Gänsebein und stellte seine Tasche auf den Boden.

»Nein, ich … Ich gehe nur meine Freundin besuchen, die wohnt hier.«

»Hier beim Papst? Hier gibt es keine Kinder.«

»Eines schon«, sagte ich und erzählte von Eloise und ihrem Vater, dem Kommandanten.

Gänsebein hörte aufmerksam zu und blinzelte ab und an nachdenklich in die Sonne.

»Na, dann hast du ja gute Beziehungen«, sagte er und schaute sich um. »Übrigens, das mit deinem Meerschwein tut mir echt leid. Ist wirklich ein gelehriges Tier …« Hinter mir rauschte ein schwarzes Auto mit zugezogenen Scheiben über das Pflaster. Ich hatte mich vielleicht verhört.

»Gewesen. Ich meine: gewesen. Aber jetzt ist Mono gut untergebracht da oben. Im Himmel, meine ich. Vielleicht kann deine Freundin ja dafür sorgen, dass der Papst ihm einen Segen gibt«, sagte Gänsebein. »Sankt Mono, der Wunderkötteler? Nicht schlecht. Aber dazu muss er noch einiges leisten. Vielleicht springt ja noch ein Heiligenschein für dich mit raus.« Dabei lächelte er und war überhaupt nicht mehr so mitfühlend wie neulich im Zoo.

»Und was machen Sie hier? Gehören Nonnen seit Neuestem zu den Pinguinen?«, fragte ich den Doktor. Das war ziemlich frech für meine Verhältnisse, aber ich wollte einfach nicht an Mono denken.

»Pinguine?« Dem Doktor schien etwas durch den Kopf zu gehen, einen Kopf, auf dem gerade eine Fliege ihren Zwischenstopp einlegte. Gänsebein kratzte sich. »Vielleicht hätte ich es wirklich mit einem Pinguin versuchen sollen statt mit diesem … So, jetzt muss ich aber gehen.«

»Was denn versuchen?«

»Nichts. War nur so eine Idee. Weshalb ich hier bin?«

Nun ja, er habe den Auftrag bekommen, alle Katzen im Vatikan einzufangen und ihnen einen elektronischen Chip ins Ohr zu pflanzen. »Dann weiß die päpstliche Hofgarde, wie viele schwarze Kater hier herumlaufen und wo sie gerade sind.«

»Warum wollen die das wissen?«

»Meine Güte, was fragst du nur alles! Weil schwarze Kater«, sagte Gänsebein, »im Vatikan einen ganz schlechten Ruf haben.« Er lachte kurz, um dann wieder ernst zu werden. »Außerdem jagen sie Vögel«, flüsterte er. »Das haben sie mit kleinen Mädchen gemein. Das geht nicht«, redete er dann weiter. »Alles muss seine Ordnung haben, im Himmel wie auf Erden. Da hat er schon recht, der alte Bücherwurm.«

»Wer hat recht? Was für ein Wurm?« Ich verstand überhaupt nichts mehr. Aber Gänsebein war mit seinen Gedanken anscheinend irgendwo, nur nicht bei mir. Ich hatte irgendwie das Gefühl, dass er Kinder nicht mochte. Jedenfalls nahm er sie nicht ernst.

»Dieser alte Priester. Einer von den Typen, die man nur im Vatikan trifft. Den kennt hier jeder, frag nur mal deine Freundin. Sitzt da in seinem Turm und beobachtet von morgens bis abends die Vögel. Der kennt jeden Star am Himmel. Er glaubt, alles zu wissen. Aber das tut er nicht.«

Wieso redeten eigentlich alle erwachsenen Leute über Stare?

»So, Schluss jetzt. Ihr Kinder solltet euch beeilen, erwachsen zu werden, und nicht immer nur Fragen zu stellen. Meine Meinung. Also, sorry noch mal für dein Meerschwein. Und jetzt ciao, ich habe wirklich anderes zu tun.« Mit diesen Worten wuchtete er sich seine schwarze Tasche wieder über die Schulter und verschwand eilig hinter einer Muttergottesgrotte in Richtung Papstgarten.

Ich hatte ein sonderbares Gefühl nach der Begegnung mit dem Tierarzt. Nicht nur, weil ich wieder so sehr an Mono hatte denken müssen. Der Mann war merkwürdig. Ich musste Eloise davon berichten.

Eloise saß schon auf der Schaukel auf dem Spielplatz-der-keiner-ist. Ich setzte mich auf eines der Schaukeltiere neben ihr und erzählte ihr noch einmal haarklein von meinem Besuch bei den Fratellis. Und von dem, was ich vom Dach aus gesehen hatte.

»Elo, das ist kein Spiel. Wenn die Starenschwärme zwei Mal an einem Tag Figuren fliegen, dann steckt etwas dahinter.«

»Vielleicht eine Zirkusnummer?«

»Quatsch. Stare sind keine Robben. Wenn du mich fragst, ist das ziemlich unheimlich. Wir sollten unseren Eltern Bescheid sagen. Oder dem Tierschutzverein. Oder dem Zoo. Weißt du übrigens, wen ich gerade getroffen habe?«

Ich berichtete ihr von der Begegnung mit dem Doktor: »Er soll allen Katern einen elektronischen Chip einsetzen, hat er gesagt. So ein Teil wie an den Geldkarten. Damit man immer weiß, wo die Katzen rumstreunen.«

»Das ist die Rache an Rambo«, sagte Eloise. »Ich wusste, dass es eines Tages so kommen würde.« Sie nahm Schwung und schaukelte, bis ihre Füße höher waren als die Kuppel vom Petersdom. »Es war einmal ...«, rief sie Richtung Himmel, »... ein schwarzer ...«, Richtung Hölle, »... Kater.« Und so erfuhr ich, Schwung für Schwung, die erstaunliche Geschichte von Rambo, dem unkatholischsten aller Kater, die jemals eine Pfote in den Vatikan gesetzt haben.

Rambo erschien eines Tages, schwarz wie die Nacht, im Innenhof der Schweizergarde und ging nicht mehr weg. Keiner wusste, wie er sich an den Gardisten vorbeigeschmuggelt hatte. Vielleicht hatte ein Priester ihn auch mitgebracht. Rambo blieb und wurde in kürzester Zeit zum Maskottchen der Garde. Bei jeder Vereidigung der neuen Gardisten lag er unter dem Sessel des Kommandanten und kniff die Augen zu, wenn es zu feierlich wurde. Seine Tage verbrachte er mit Faulenzen und Fressen. Was er nachts trieb, in den päpstlichen Gärten, das wusste niemand. Nur eines war klar: Rambo war kein Mönch. Er hielt sich nicht an die Regeln, die im Vatikan für alle Männer – außer Eloises Papa, den Kommandanten – gelten. Rambo vermehrte sich. Fast so schnell wie gewisse Meerschweinchen. Die vatikanischen Gärten waren für Rambo das Paradies. Er hatte in kürzester Zeit eine ganze Schar von Gefährtinnen, die ebenfalls im Vatikan aufgetaucht waren. Ein Kätzchen nach dem anderen kam zur Welt, alle im Kirchenstaat geboren, aber schwarz wie der Teufel. Und alle wurden, weil's einfacher war, von den Gardisten auf den Namen Rambo getauft. Als der Ur-Rambo starb, bekam er ein Grab im Ehrenhof der Kaserne. Und so wurde er der einzige Ungetaufte, der ein Ehrengrab im Vatikan hat.

»Und dann ist er am dritten Tag auferstanden, klaro, Eloise.« Ich glaubte ihr kein Wort.

»Glaubst du nicht, stimmt aber. Ich kann's dir zeigen«, beendete Eloise die Geschichte und sprang von der Schaukel.

Aber für Gräber, leer oder nicht, hatten wir jetzt echt keine Zeit. Denn mir war etwas aufgefallen. Etwas, das mich komplett durcheinanderbrachte. Doktor Gänsebein hatte von Mono gesprochen, meinem Meerschweinchen. Aber er hatte nicht in der Vergangenheitsform gesprochen. Er hatte von Mono gesprochen, als lebte er noch.

5. Kapitel

Manche Leute sind mit der Welt
nicht einverstanden. Aber was können
die Vögel dafür?

Ich weiß nicht, ob jemand von euch Päpstin werden möchte oder Papst. Mir persönlich reicht es, diese dünnen weißen Kerzen anzuzünden, wenn Mama und Papa mich in eine Kirche schleppen, und mir vorzustellen, dass es einen Meerschweinchenhimmel gibt. Ansonsten möchte ich lieber nicht von früh bis spät fotografiert werden und runde weiße Mützchen tragen. Und außerdem würde ich mich hier ständig verlaufen. Der Vatikan ist wie ein Computerspiel, nur in echt. Kaum geht man durch eine Tür durch, kommt die nächste, und keiner weiß, was sich dahinter verbirgt. Eloise rannte an den Brunnen und Denkmälern des Papstgartens vorbei, als wäre sie hier zu Hause. Was sie streng genommen ja auch ist. Nirgendwo klebte ein Kaugummi auf dem Pflaster, kein Papier flog herum. Durch die Fenster eines

Hauses sah ich bunt bemalte Zimmerdecken, anscheinend hatte da jemand eine Piratenschlacht hingemalt. Der Papst vielleicht? Denn da wohnt er, oben im sechsten Stock. Aber raus darf er nie, jedenfalls nicht alleine.

Er darf nie in einen Supermarkt gehen, nicht allein ins Kino und nie wieder ins Freibad. Überall, wo er hinkommt, küssen ihm die Leute die Hand und verbeugen sich. Ganz ausgeschlossen, dass der Papst in einen Raum kommt und sich erst mal in die Ecke stellt, weil er seine Ruhe haben will. Das darf er nicht. Ich möchte keine Päpstin werden.

»Elo?«

»Ja?«

»Wie wäre es, wenn du mal Papst wirst?«

»Geht nicht. Die nehmen keine Mädchen.«

»Aber nur mal angenommen.«

»Geht trotzdem nicht. Weil dann jedes Wort von mir am nächsten Tag in der Zeitung stehen würde. Mann, Smilla, allein schon die Vorstellung: ›Päpstin Eloise I. erklärte, sie denke nicht daran, ihr Zimmer aufzuräumen.‹ Morgens als Schlagzeile in der Zeitung.«

»Oder: ›Päpstin Smilla I. zeigte sich überrascht, dass kein Nutella mehr da war.‹«

Wir liefen kichernd durch einen Gang, wo die Mauern mit Landkarten bemalt waren. Vielleicht haben sie hier noch kein Google Maps. Und alle, denen wir begegneten, die Nonnen und die Priester und die Boten, waren sehr in

Eile und hatten diesen nach innen gekehrten Blick, als müssten sie schnell mal wohin.

»Warum gucken die so?«, fragte ich Eloise.

»Das tun die immer. Soll so aussehen, als würden sie ständig an Gott denken. Aber vielleicht haben sie auch nur Bauchweh. Hallo, Papa.«

Eloises Vater stand kerzengerade an seinem Schreibtisch. »Hallo, ihr beiden«, sagte er mit schmerzverzerrtem Gesicht, »bittet mich jetzt nicht, eine Verbeugung zu machen. Ich habe einen Hexenschuss.« Eloises Vater, der Kommandant, ist der Leibwächter vom Papst. Aber mit sich selbst geht er weniger sorgfältig um. Sagt Eloise. Deswegen bekommt er vom Uniformtragen immer einen steifen Rücken. Er wäre eigentlich sowieso lieber Winzer geworden statt Kommandant der Vatikangarde, sagt Eloise.

»Papa, du brauchst dich nicht zu bewegen. Sag mir nur ...«

»... wie alt du bist? Ich fühle mich gerade wie 158«, stöhnte der Kommandant.

»Papa, bitte, hör auf. Nein, sag mal, kennst du jemanden hier im Vatikan, der alt ist und sich mit Vögeln auskennt?«

»Wieso fragst du?«

»Wir brauchen das für die Schule.« (Wieder der alte Trick, ich sagte ja, der wirkt immer.)

»Ach so. Na, das kann nur der Prälat Dienstbier sein. Zimmer 50/25. Der sitzt oben in seinem Palazzo und baut irgendwelche Apparate, die mit Vögeln zu tun haben. Es heißt aber, er sei nicht mehr ganz helle im Kopf. Geht lieber nicht hin.«

»Danke, Paps.« Und schnell weg.

Vor dem Palast, wo der alte Prälat Dienstbier wohnen sollte, stand ein Wärterhäuschen. Mit Wärter darin. Der war aber damit beschäftigt, ein Kreuzworträtsel zu lösen. Wir bückten uns und schlichen unter seiner Loge vorbei bis zur nächsten Statue. Das Zimmer 50/25 war im fünften Stock. Der Fahrstuhl quietschte, und als wir ausstiegen, roch es im Gang nach Kantine und Bohnerwachs und alten Leuten.

Wir hörten jemanden hinter der Tür reden. Aber wir verstanden kein Wort. Ich klopfte. Das Reden wurde lauter. Ich klopfte fester.

»Ja, nun unterbrecht mich doch nicht, ich unterhalte mich doch gerade …«

Die Tür ging auf und im Rahmen stand ein vollständig kahler, etwas gebückter Opa in schwarzem Anzug mit weißem Kragen. Sonst war niemand in der Wohnung zu sehen. Der Alte schien nur für einen Augenblick überrascht, zwei fast elfjährige Mädchen vor seiner Tür zu sehen. Dann sagte er, ein wenig müde: »Ich hatte mich gerade so gut mit mir unterhalten, wisst ihr. Da lasse ich mich ungern stören. Ich bin zwar selten meiner Meinung, aber das macht ja nichts. Ich streite mich mit mir und dann vertragen wir uns auch wieder. Kommt doch rein. Obwohl ich jetzt wirklich gar keine Zeit habe. Was wollt ihr von mir? Wer hat euch eigentlich hier hereingelassen?« Eloise schaute mich an und sagte nichts. Ich hätte sie jetzt auch gern gefragt, was wir hier eigentlich taten.

»Ich bin die Tochter vom Kommandanten der Schweizergarde«, fing Eloise an und erzählte, dass wir einen Aufsatz über Starenschwärme schreiben sollten und jemand gesagt habe, dass er alles wisse über Schwärme und so weiter und so weiter.

»Egal, eigentlich kommt ihr wie gerufen. Oder«, der alte Mann bekreuzigte sich, »wie vom Herrgott geschickt. Geht ruhig schon mal rein, fürchtet euch nicht«, sagte Dienstbier etwas geschwollen und ging durch einen langen, mit Büchern zugepackten Gang. Die Wohnung sah überhaupt nicht so aus, wie man es immer in Geschichten liest oder bei Harry Potter sieht. Okay, es lagen stapelweise alte Bücher herum und an der Wand hingen Bilder von Heiligen. Aber ansonsten sahen die Räume nach einem computerbesessenen Teenager aus. Sirrende Rechner, Lampen, Bildschirme, gebrauchte Kaffeetassen, Drucker, Papierwirrwarr, auf dem Boden ein ganzes Spaghettiknäuel aus Kabeln, Drähten und mittendrin Mehrfachsteckdosen, deren Schalter rötlich leuchteten. Und überall Fotos von vögelschwärmen. Vogelwolken in allen Formen. Auf manche Fotos war wild herumgekritzelt, Pfeile und rätselhafte Formeln und Zahlen.

Dann fragte er uns, ob wir einen Tee wollten, aber er wartete die Antwort gar nicht ab.

»Am besten fange ich ganz vorne an«, sagte Dienstbier dann. »Also, Sturnus vulgaris, der gemeine europäische Star. Aber in der Einzahl gibt es ihn nie. Jedenfalls nicht in Rom. Er ist nicht gern allein. Zu Zigtausenden bebildern die Vögel den Himmel. Man mag gar nicht mehr fortschauen, so schön ist es! Wie eine Tuschezeichnung am Himmel, gerade noch ein Kegel, dann plötzlich ein Schleier oder eine Blase, als hätte man ein Kaleidoskop geschüttelt, als würde ein Phantom über den Dächern toben, in Bändern und Wolken! Und wisst ihr was? Wenn man nur lange genug hinschaut, dann wird man selbst Teil der Wolke, hihihi …«

Prälat Dienstbier hatte die letzten Jahre damit verbracht, die Stare zu zählen. Es sind 4387711 Tiere. »Na ja, jedenfalls waren es noch vor drei Wochen so viele.« Der Prälat schien alles über die Vögel zu wissen. Dinge, die niemanden, jedenfalls uns, nicht die Bohne interessierten und die ich mir deshalb auch nicht gemerkt habe. Aber eines habe ich mir gemerkt. Dienstbier hatte offenbar ein Gerät erfunden, mit dem er die Vogelschwärme am Himmel lenken konnte. Das behauptete er jedenfalls. Von dem Gerät war nämlich noch nichts zu sehen. »Ich habe es Poimnograph genannt. Das bedeutet Schwarmschreiber.« Er nuschelte beim Aussprechen des Wortes. Wer würde da nicht nuscheln? »Es ist ein Sender, mit dem man über große Entfernungen elektronische Chips anpeilen kann. So eine Art Fernsteuerung für Vögel.«

Eloise schaffte es, mich hinten in die Wade zu treten, ohne eine Miene zu verziehen. Capito: Dieser Mann hat eine Meise.

»Ich vermute, ihr denkt, ich hätte selbst einen Vogel? Glaubt mir, das denken viele hier. Deswegen rede ich auch mit niemandem über meine Experimente.«

Dienstbier erzählte seine Geschichte. Ich konnte damals noch nicht sagen, ob er sich das alles ausgedacht hatte. Es klang ziemlich danach.

»Es ist mir also gelungen, fünf Staren einen Chip einzupflanzen. Nach ein paar Tagen habe ich sie freigelassen, damit sie sich wieder ihrem Schwarm anschließen können. Ich gebe das Signal – und es funktioniert: Der ganze Schwarm fliegt plötzlich nach rechts. Sie folgen den fünf Staren wie die Ratten und wie die Kinder dem Rattenfänger. Erst konnte ich nur die Richtung ändern, jetzt versuche ich, einfache Formen zu bilden. Eine Kugel, einen Pfeil. Gestern sogar ganz kurz ein Gesicht.«

Ich stieß Eloise mit dem Fuß an: Das hatten wir vom Schulbus aus gesehen.

»Mit etwas Übung geht das. Jedenfalls glaube ich das … Wollt ihr ein Glas Wasser?«

»Warum machen Sie das?«, traute ich mich zu fragen.

»Warum? WARUM?« Seine Stimme kippte ein bisschen.

»Weil die Welt aus dem Gleichgewicht geraten ist, darum. Weil die Menschen nicht mehr glauben, weder an die Kirche noch an den Papst, noch an Gott. Aber dem Wetterbericht, dem glauben sie. Jeder denkt doch nur an sich. Die Menschen müssen wieder an etwas Höheres glauben. Deswegen muss ich ihnen ein Zeichen an den Himmel schreiben.« Ich schaute Eloise an, um mich zu vergewissern, ob sie kichern musste. Aber sie schaute nur den wütenden alten Mann an und schien ihm sogar zuzuhören. »An Fußball denken sie und rennen ins Stadion statt in die Kirche. Lügen tun sie alle, der Ministerpräsident und die Zeitungen und alle, alle, alle.«

»Sie auch?« ELOISE!

»Ich?« Statt uns wegen dieser Frechheit rauszuwerfen, fing der Alte an, sein Kinn zu kneten, kratzte sich am Kragen und sagte: »Ich habe zum letzten Mal gelogen, als ich beim Arzt war. Ich habe dem Doktor gesagt, alles sei in Ordnung. Dabei ist nichts in Ordnung. Mir bleibt wahrscheinlich nicht mehr viel Zeit. So jung bin ich ja nicht mehr, hihihi. Es drängt also.«

Mich drängte auch etwas. »Entschuldigen Sie«, sagte ich und hatte ein Problem. Mein Körper ist so eingestellt, dass er immer dringend pieseln muss, wenn gerade kein Klo weit und breit erreichbar ist. Das sagt Papa jedenfalls über meinen Körper. Ich kann nichts dafür. Es kommt plötzlich über mich. Gerade war noch tiefe Ruhe in meinem Bauch, plötzlich kann ich an nichts anderes mehr denken und würde in die Hose machen, wenn jemand das Wort »Wasser« oder »Wolkenguss« sagt oder so etwas. Aber ich durfte jetzt auf keinen Fall an »Wasser« denken, auf keinen, keinen Fall. »Haben Sie eine Toilette, Herr Prälat?«

»Wieso müssen Kinder eigentlich immer müssen? Merkwürdig. Nun geh schon. Unterm Kruzifix die Tür rechts rein.«

Wirklich merkwürdig. Was wusste der alte Prälat schon von Kindern? Wann ist hier wohl zum letzten Mal ein Kind gewesen, überlegte ich, aber nur kurz, denn es war jetzt wirklich keine Zeit für langes Überlegen. Priester Dienstbier hatte jedenfalls etwas zu tun mit dem, was wir gesehen hatten. Ich ging den Gang hinunter und suchte das Kruzifix. Es hing gleich über der Wohnungstür. Die Tür stand leicht offen, vielleicht hatte der alte Priester vergessen, sie fest zuzuziehen. Ich machte die Tür zu und musste dann wirklich sehr schnell aufs Klo.

Als ich zurückkam, saßen der Prälat und Eloise auf einem Sofa. Das heißt, Eloise hockte auf der Kante wie bereit zum Absprung und versuchte, den fuchtelnden Armen des alten Mannes nicht zu nahe zu kommen. »Menschen wollen Wunder. WUNDER! Was hätte man sonst von all dem Beten, Glauben, Kerzenspenden, ganz zu schweigen von der Kirchensteuer? Glaubt ihr, dass Gott, der Allmächtige und Allgegenwärtige, sich gemütlich zurücklehnt und die Menschen machen lässt? Wenn es nicht zumindest vorstellbar wäre, dass ER mal Fünfe gerade sein ließe, und sei es nur ein einziges Mal, dann wäre alles Beten umsonst. Eine Welt ohne Wunder wäre eine Welt ohne Gott, also eine leere Welt. Wenn alles erklärbar wäre, dann bräuchten wir keinen Glauben, sondern nur ein gutes Lexikon.«

Mein Gott, so eine Rede hatte ich noch nie gehört. Ich hatte nicht alles verstanden, aber es sah ganz so aus, als redete der Monsignore mit uns wie mit Erwachsenen, was schon mal ein Punkt für ihn war.

»Romam venite, fidem perdite«, murmelte Dienstbier und schüttelte den Kopf. Wohl so eine Art Zauberspruch. Dann zerrte er ein abgegriffenes Buch unter einem leeren Vogelkäfig hervor. Das hielt er uns mit seinen fleckigen Händen vor die Nasen: »Die drei Gesetze der Wolken. Eine Untersuchung darüber und Anleitung dazu, wie Schwärme schwärmen. Verfasst von Monsignore Dr. theol. Ambrosius Dienstbier, SJ.« Offenbar hatte er es selbst geschrieben. Eines von den unglaublich wichtigen Werken, die in einer Auflage von einem Exemplar erscheinen.

»Eine Vogelwolke ist nur ein großes Durcheinander, meint ihr? Unsinn! Völliger Unsinn. Es gibt drei Gesetze, wie sich so eine Wolke verhält.«

Dann fing er an, mit einem komisch riechenden Filzstift Formeln, Pfeile und Kringel auf ein Blatt zu malen. Und jede Menge Punkte. Das sollten die Stare sein. Dabei redete er mit einer Begeisterung wie die Jungs aus unserer Klasse über Fußball. Der Mann hatte offenbar völlig vergessen, dass er nicht allein in seiner Werkstatt war. Was ich verstanden hatte, war jenes: In einer Vogelwolke fliegt jeder Vogel so, dass er immer den gleichen Abstand zu den anderen hat. Erstes Gesetz. Und er fliegt – zweites Gesetz – möglichst immer in der Mitte. Und drittens achtet er nur auf die sieben Vögel, die direkt vor und neben ihm fliegen. »Das sind die drei Regeln. Sie gelten immer. Letzten Endes hängt es von drei, vier Tieren ab, wohin der ganze Haufen fliegt. Und das ist meine Entdeckung! Wenn ich es schaffe, vier Vögel zu lenken, kann ich den kompletten Schwarm lenken. Das ist mein Algorithmus! Der Dienstbier-Algorithmus. Versteht ihr?«

»Nein.«

»Nein?«

»Nein. In Mathe haben wir erst Brüche gehabt.«

Der Prälat schaute etwas verwirrt, als wäre er gerade aufgewacht. Dann sagte er: »Nun gut, Kinder, ist ja auch egal. Hauptsache, meine Schwarmfernsteuerung funktioniert.«

»Funktioniert sie denn?«, fragte Eloise. Das hätte sie vielleicht nicht tun sollen.

»Wie bitte? Natürlich, NATÜRLICH …« Der Prälat holte tief Luft, sein Kopf wurde rot, und ich wusste, dass gleich ein Wutanfall oder ein entsetzlicher Algenrhythmus oder sonst etwas kommen würde. Aber kurz vor der Explosion machte es nur »pfffffff«. Dienstbier ließ die Schultern hängen und atmete langsam und ruhig aus. Dann murmelte er leise: »Natürlich klappt es noch nicht ganz so, wie ich es mir vorgestellt habe. Es gibt noch eine winzig kleine Schwierigkeit. Ich kann den Schwarm lenken, ich kann einfache Formen bilden, aber keine schwierigen. Es fehlt mir der Algorithmus, um die genaue Form des Schwarms zu bestimmen, versteht ihr?«

»Nein.«

»Nein? Nun gut. Also, anders gesagt: Ich kann Vogelwolken beeinflussen, aber ich kann nicht mit Sicherheit wissen, welche Form sie annehmen. Wenn ich ein Kreuz möchte, machen sie vielleicht eine Kugel. Wenn ich Jesus formen will, wird Micky Maus draus. Es ist zum Verrücktwerden. Gestern dann dachte ich, ich hätte es geschafft, hatte die neuen Werte in meinen Poimnographen eingegeben. Aber ich ahne schon, ihr glaubt mir nicht. Kommt mit.«

Der Prälat ging mit schlurfenden Schritten durch sein Arbeitszimmer. Von draußen hörte man das Plätschern der beiden Brunnen auf dem Petersplatz, das Tschilpen der Schwalben und den Lärm der Touristen. Noch zwei Wochen bis zu den Ferien, dachte ich, obwohl das nun wirklich nicht wichtig war.

Er führte uns durch den Gang, nickte kurz dem Kruzifix zu wie einem alten Bekannten und machte sich an einer Tür zu schaffen. »Komisch, habe ich denn gar nicht abgeschlossen? Ich werde wirklich vergesslich«, murmelte er und stieß die Tür auf. »Da steht er«, sagte Dienstbier und strahlte uns an.

In dem Raum standen ein uralter Tisch und zwei ziemlich wacklige Stühle und ein halb leerer Joghurtbecher, daneben ein Löffel und ein weißer Klecks. Sonst sah ich nichts.

»Ähm«, sagte ich.

Der alte Prälat drehte sich um und erstarrte. Ich meine, er wurde noch bleicher als sonst und brauchte gefühlte fünf Minuten, bis er einen Ton herausbringen konnte.

»Krrrmmmpp.« Das war der Ton. Als würde man einen Pingpongball verschlucken.

Dann bewegte er sich wie in Zeitlupe zweimal rund um den Tisch und tastete schließlich auf der leeren Tischplatte herum.

»Weg.«

»Soll ich einen Lappen holen? Das ist doch nur ein Joghurtklecks, der geht schnell weg«, sagte Eloise.

»Weg«, kam es wieder aus dem bleichen Gesicht des Alten. »Jetzt ist alles vorbei. Mein Poimnograph ist verschwunden. Ich hatte ihn hier auf den Tisch gestellt.«

Er schaute unter den Tisch und in alle Ecken des Zimmers und nahm wieder und wieder den Joghurtbecher in die Hand, als könnte sich darin sein Schwarmschreiber versteckt haben.

Dann fiel mir die offene Wohnungstür ein.

»Die Tür stand vorhin offen, als ich aufs Klo ging. Vielleicht ist die Putzfrau gekommen und hat ihn weggeräumt?«

»Die Tür?! Die steht nie offen. Das vergesse ich nicht. Ich weiß doch, was auf dem Spiel steht. Nein, der Poimnograph ist weg, weil …« Er knickte in den Knien ein und konnte sich gerade noch auf einen der Stühle retten. »… weil ihn jemand gestohlen hat! Versteht ihr? GESTOHLEN.«

Wir konnten uns Schlimmeres vorstellen. Da hatten die armen Stare jetzt wenigstens ihre Ruhe und mussten nicht auch noch Formationsflüge veranstalten, nur weil ein Priester im Rentenalter mit der Welt nicht mehr einverstanden war. Was können die Stare dafür, dass Leute lieber ans Meer fahren, als in Kirchen herumzusitzen?

»Was mache ich nur, was mache ich nur?«, stammelte Dienstbier vor sich hin.

Er tat mir jetzt ein wenig leid. Zum Trost sagte ich: »Dann fliegen die Vögel eben wieder in Klumpen, ist doch egal.«

»Wenn es nur so einfach wäre«, seufzte der Alte. »Wenn es nur so einfach wäre …«

War es aber anscheinend nicht. Draußen ging etwas vor. Das war jedenfalls der Verdacht von Priester Dienstbier. »Das war kein normaler Einbrecher. Da wusste jemand, wonach er suchte. Irgendjemand hier im Vatikan muss von meinen Versuchen erfahren haben. Kinder, ihr wisst ja nicht, wie viel hier herumgetratscht wird. Nein, da hat jemand einen Plan. Das ist ganz sicher. Aber ob es ein guter

Plan ist, das weiß keiner. Ich glaube, es braut sich etwas Böses zusammen. Ich habe Angst, dass es ein Menetekel gibt.«

Schon wieder so ein Wort. »Ach so, entschuldigt bitte. Ein Menetekel ist ein Zeichen, ein Hinweis auf ein drohendes Unheil. Der König Belsazaar hatte damals in Babylon ein Zeichen gesehen, und ihr wisst ja, was dann geschah.«

Ich hatte keine Ahnung. Ich wusste nur, dass es jetzt wirklich Zeit war zu gehen. »Stellt euch vor, was passiert, wenn der Papst seine große Audienz hält. Die ganze Welt schaut ihm zu und am Himmel über ihm erscheint Micky Maus. Oder …« Er stockte kurz, als wäre ihm ein Gedanke gekommen, dann sprach er leise weiter: »… ein Kopf mit zwei Hörnern. Eine Teufelsfratze. Es wäre furchtbar. Furchtbar. Wir müssen das Gerät finden.«

Wieso hatte er »wir« gesagt? Eloise hatte wohl den gleichen Gedanken: »Was haben wir damit zu tun, Herr Priester?«

»Nichts. Aber wieso standet ihr genau in dem Moment vor meiner Tür, als ich Hilfe brauchte?« Er bekreuzigte sich. »Ich bin zu alt, um mich auf die Suche zu machen. Und im Vatikan kann ich niemanden fragen, weil …«

»Warum nicht?«

Dienstbier zögerte. »Nun, weil es nicht zu den, ähm, vorrangigsten Aufgaben eines päpstlichen Prälaten gehört, mit dem Fernrohr Starenwolken zu beobachten. Geschweige denn, sich Geräte auszudenken, um Gott«, er bekreuzigte sich wieder, »ins Handwerk zu pfuschen.« Dann stand er auf und schob uns eilig in Richtung Tür: »Und leider kenne ich außerhalb des Vatikans niemanden mehr. Alle tot, alle fort. Nun tut was, Kinder.«

6. Kapitel

Ein mächtiger Mann macht sich unmöglich und Benito macht sich verdächtig

Einer der Lieblingssätze meines Papas ist: »Ich schaue eigentlich nie fern. Nur die Nachrichten.« Sonderbar, dass er einem dann sämtliche Folgen seiner Lieblingsserie erzählen kann. Mit langen Passagen im O-Ton. Als ich nach Hause kam, saßen meine Eltern jedenfalls auf dem Sofa im Wohnzimmer und meinten »Pschtttt …« zur Begrüßung, was bedeutet: »Super, was du alles erlebt hast, Smilla, aber bitte halte jetzt den Mund, denn wir sehen fern.«

Die Tür zum Balkon stand offen. Ich holte mir ein Glas Orangensaft aus der Küche und setzte mich auf den Teppich. Da lag noch ein Meerschweinchenköttel. Ach, Mono … Um nicht traurig zu werden, schaute ich dann dahin, wo meine Eltern hinstarrten. Auf dem Bildschirm sah ich den Ministerpräsidenten. Er stand auf dem Venezia-Platz. Unsere Klassenlehrerin Frau Tiedemann hatte uns bei irgendeinem

Wandertag erklärt, dass hier einmal der Mittelpunkt von Rom war, also von der ganzen Welt. Deswegen redete der Ministerpräsident auch hier. Hinter ihm sah man das weiße Gebäude des ehemaligen Königs, die Pinien und einige von den alten, kaputten Säulen.

Ich kannte den Ministerpräsidenten von den Plakaten, die jetzt überall in der Stadt herumhingen. Er sah aus wie selbst zusammengebaut. Die Haare waren falsch und glänzten. Die Zähne waren ebenso perfekt wie falsch. Die Falten waren irgendwann einmal über die Sommermonate verschwunden. Und weil er so klein war, trug er nur Schuhe mit hohen Absätzen. Er stand da vor einem Mikrofon, die Hände vor dem Bauch gefaltet, um ihn herum seine Leibwächter, die genauso falsch aussahen, aber einen Kopf größer waren als er.

Es war sonderbar. Niemand wollte diesen Mann wählen, aber trotzdem gewann er immer die Wahlen. Mein Papa sagte immer, diesen Mann die Wahrheit reden zu hören, das ist so selten wie ein Foto von der Queen im Bikini.

Im Hintergrund war jetzt ein Rauschen und Tschirpen zu hören. Der Ministerpräsident blickte kurz von seiner Rede auf und schaute in den Himmel. Was er da sah, konnten seine Zuhörer nicht sehen, weil es hinter ihnen war.

»Liebe Bürgerinnen und Bürger, was ich Ihnen schon lange einmal sagen wollte …«, fing der Ministerpräsident jetzt zu reden an. Er schaute nicht mehr auf seine Blätter.

Er schaute auch nicht mehr in die Kamera, sondern irgendwohin in die Ferne. »... ist, dass ich mich manchmal frage, wieso Sie eigentlich für mich abstimmen. Womit habe ich das verdient? Wenn ich morgens aufstehe, habe ich gar keine Lust aufzustehen. Ich gehe dann ins Bad und im Spiegel sehe ich einen müden alten Mann mit schlechtem Atem und falschen Haaren«, Papa stand auf und drehte den Ton lauter, »und ich weiß, dass ich den ganzen Tag lang wieder nur allen etwas vorspielen werde. Meiner Frau werde ich sagen, dass ich sie liebe, obwohl ich eine Geliebte habe, nein, sogar zwei. Meinen Ministern werde ich sagen, dass wir die Gesetze ändern müssen, dabei nützt das dem Land gar nichts, sondern nur mir.« Das Telefon klingelte, aber Mama und Papa gingen nicht ran. »Meinen Kollegen, den anderen Ministerpräsidenten und Kanzlern sage ich, dass sie sich auf mein Land verlassen können, dabei mache ich heimlich Abkommen mit ihren Gegnern. Liebe Bürgerinnen und Bürger, bitte machen Sie Ihr Kreuz hinter allen Namen, aber nicht hinter meinem. Ich würde am liebsten sowieso nur endlich richtig Cello spielen lernen.« Dann brach der Ton ab. Eine hektische Fernsehfrau redete etwas in die Kamera, und man sah, wie dem Ministerpräsidenten ein Glas Wasser gereicht wurde. Leute in schwarzen Anzügen redeten auf ihn ein und gaben den Kameraleuten Zeichen. Der Ministerpräsident schaute einen Moment, als sei er gerade erst aufgewacht. Gar nicht so unsympathisch wie sonst.

Dann fuhr er sich mit den Händen über die Augen, schüttelte den Kopf und hatte plötzlich wieder sein fieses Grinsen im Gesicht. Er trat ans Mikrofon und sagte: »Hahaha! Meine lieben Wähler, das hätten die anderen Kandidaten wohl gern, dass ich so rede. So möchten sie mich sehen, ein jammerndes Häufchen Elend, ein Weichling, ein Warmduscher, ein winselnder Wurm, der keinen Mumm mehr in den Knochen hat. Ha! Da lache ich. Meine Regierung hat in vier Wochen mehr Gesetze gemacht als die anderen in vier Jahren, und das, obwohl die Opposition mit ihren schändlichen politischen Manövern …«

Und so weiter, bla-bla-bla. Der Ministerpräsident war wieder ganz der Alte.

»Was war das denn?«, fragte Mama. »Ich dachte schon, er sei endlich zur Einsicht gekommen.«

Papa meinte: »Vielleicht hat ihm jemand eine Wahrheitspille in die Pasta geschmuggelt und die hat dann in der Wirkung nachgelassen. Aber wahrscheinlich war das wirklich nur ein Trick von ihm, um zu zeigen, dass er über allen anderen steht. Keine Ahnung. Was gibt's denn zu essen?«

Ich blieb auf dem Teppich sitzen.

Es wurde immer sonderbarer. Nicht nur, dass die Stare Figuren flogen, als trainierten sie für eine Kunstflugstaffel. Jetzt brachten sie auch noch alles durcheinander. Der Ministerpräsident hatte kurz vergessen, wer er sein wollte. Und war stattdessen einfach so gewesen, wie er wirklich war. Die Welt hatte begonnen, sich auf den Kopf zu stellen. Dann nahm ich das Telefon und verschwand in meinem Zimmer.

»Hallo, hier Smilla ... Kann ich Eloise sprechen? Danke.«

»Ja?«

»Hast du gerade ferngesehen? Nein?« Ich erzählte ihr alles, was ich gerade im Fernsehen mitbekommen hatte. »Und dann warnte er die Leute davor, ihm ihre Stimme zu geben, stell dir das mal vor.«

»Lustig. Aber was hat das mit den Starenschwärmen zu tun?«

»Okay. Klar, das habe ich vergessen: Es hat gerauscht, der Ministerpräsident hat kurz hochgeschaut und etwas gesehen. Dann ging es los. Das müssen die Vögel gewesen sein. Irgendwas geht da vor.«

Kleine Pause. Dann hörte ich im Hörer:

»Das kann doch nicht sein, oder?«

»Smilla?!« Das war Papa, der gerufen hatte. »Hast du das Telefon? Wie oft hab ich dir schon gesagt ...« Den Satz brauche ich wohl nicht weiterschreiben. Papa schien es jedenfalls ziemlich eilig zu haben mit seinem Telefonat.

Am nächsten Morgen stand ich wieder am Müllcontainer und wartete auf den Schulbus aus dem Vatikan. Francesco machte seine Pförtnerloge auf und die dicke Frau mit dem Hund schleppte sich über den Bürgersteig. Dann kam Benito. Er hatte einen blauen Turnbeutel dabei und konnte mich hinter dem Container nicht sehen. Aber ich sah ihn. Ich beobachtete, wie er auf die Uhr schaute, stehen blieb und etwas aus seinem Schulranzen hervorzog: eine Art Karte, einen Stadtplan vielleicht.

»Ey, Benito, kaum aus dem Haus und schon verlaufen? Zur Schule geht's immer der Wampe nach«, rief ich über die Straße. Benito fand das nicht lustig. Ich hatte erwartet, dass er irgendetwas im Benito-Stil zurückbrüllen würde wie: »Wenn du fertig gefrühstückt hast, dann mach bitte den Deckel von der Mülltonne zu, Smiley. Es stinkt.« Aber es kam nichts. Benito verstaute seinen Stadtplan wieder in der Tasche und verschwand hastig in Richtung Via Ottaviano, zur Straßenbahn. Genau dahin, wo jetzt der Schulbus um die Ecke kam.

Eloise saß wie immer auf der hintersten Bank und war unausgeschlafen. Ein Müllauto der Stadtreinigung versperrte die Straße und hievte mit großem Radau einen Container hoch. »Ich habe nie verstanden, weshalb Leute es immer so sauber haben wollen. Dabei geht das überhaupt nicht«, sagte sie.

»Wie meinst du das?«

»Es geht nicht. Wenn man einen Teller Pasta isst, wird der Teller schmutzig. Wenn man den Teller mit einer Papierserviette sauber macht, wird die Serviette schmutzig und dann der Mülleimer, in den du die Serviette reinwirfst. Und wenn der Mülleimer entleert wird, wird die Müllabfuhr schmutzig.«

»Du kannst den Teller ja auch abwaschen«, sagte ich.

»Klar, aber dann wird das Wasser schmutzig und die Spülbürste auch. Das heißt also: Man kann nichts richtig sauber halten. Der Schmutz wandert nur.«

Ich schaute aus dem Busfenster und war froh, so eine Freundin zu haben. Schmutz, der immer nur herumwandert – das konnte nur Eloise einfallen. Als wir über den Tiber fuhren, stand da eine Gruppe Männer am Zeitungskiosk und brüllte sich wild herumfuchtelnd an. Jedenfalls sah es so aus. Wahrscheinlich redeten sie nur über Fußball. Gestern hatten die zwei wichtigsten Klubs der Stadt gegeneinander gespielt, und das ist für die Römer der wichtigste Tag des Jahres. So als hätte die ganze Stadt im Lotto gewonnen – oder verloren. Je nachdem. Ich spiele auch gern Fußball, aber mit Jungs geht das nicht. Die brauchen nur einen Ball zu sehen und verwandeln sich in überdrehte Kampfroboter. Ich konnte die Schlagzeile der Zeitungen am Kiosk nicht lesen. Aber es musste irgendetwas passiert sein. Denn die Männer brüllten und fuchtelten jetzt auch an allen anderen Kiosken, an denen wir vorbeifuhren.

7. Kapitel

Ein Heiliger hat einen furchtbar schlechten Tag, und ich erfahre, dass auch Lehrerinnen ein Doppelleben führen

Die Schweizer Schule liegt in der Nähe vom römischen Hauptbahnhof, aber das merkt man nicht. Es ist eine alte Villa mit hohen Schirmpinien und einem kleinen Sportplatz, wo die Jungs in jeder freien Minute vor sich hin bolzen und ansonsten die neuesten Angeberposen ausprobieren.

Nur heute nicht. Heute saßen sie in düsterer Stimmung auf der kleinen Mauer vor der Schule und wirkten, als hätte jemand ihre Kickerstiefel gegen Ballettschuhe ausgetauscht. Vor ihnen lag der »Romanista«, die einzige Tageszeitung der Welt, in der nur Neuigkeiten über einen einzigen Fußballklub stehen.

»Ich nenne das Verrat«, sagte einer der Jungs. Es war Julian, ein Rothaariger, der seit Kurzem eine Justin-Bieber-Frisur versuchte. »Vielleicht haben sie ihm Geld geboten.«

»Zwei Eigentore in einem Spiel. Das ist krass. Aber Francesco ist kein Verräter. Außerdem hat er genug Geld. Das war, keine Ahnung, irgend so was wie Schlitzophilie. Nach dem Motto: Ich bin ein anderer.« Das war Micki. Eigentlich ganz süß mit seinen Locken und der Spange, aber eben ein Junge.

Jungs können niedlich sein, wenn sie alleine sind. Dann hören sie einem manchmal sogar zu oder sagen Sachen, die auf ein Minimum an Gehirnaktivität schließen lassen. Aber das sind kurze Momente. Ausnahmen. Gut, sie sind süß. Aber nie würde ich einen Jungen so lieben können wie ein Meerschweinchen. So, dass man traurig wird, wenn er nicht da ist, und es einem unterm Bauchnabel ganz weich wird. Mono hatte so einen warmen Blick, dass mir ganz flau wird, wenn ich jetzt daran denke. Das kriegt kein Junge hin.

»Mann, Micki, du bist auch schlitzo. Totti ist Totti und kein anderer.«

Die Schlagzeile des »Romanista« war heute ziemlich kurz. Sie bestand nur aus einem einzigen Zeichen:

»?«

Francesco Totti, der von allen echten Römern vergötterte Stürmer von Roma, der Heilige des Olympiastadions, Totti also hatte gestern wieder zwei Tore geschossen. Nur leider ins falsche Tor. Er hatte mitten im Spiel offenbar die Orientierung verloren und war wie eine Feuerwerksrakete aufs eigene Tor zugerast. Gleich zweimal, kurz hintereinander und kurz vorm Abpfiff. Roma verlor mit 0:2 gegen den Erzfeind Lazio. Die ganze Stadt stand unter Schock. Keiner verstand das, auch Totti nicht. Als der Superstar dann nach dem Spiel vor die Kameras gezerrt wurde, sagte er, er wisse auch nicht, was über ihn gekommen sei. Er hätte nur plötzlich gewusst, dass er nicht mehr Totti sein wollte. Der Reporter hatte ihn merkwürdig angestarrt und dann schnell ins Studio zurückgegeben.

»Ich sage euch nur: Das hat es noch nie gegeben. Ein Star, der seinen eigenen Klub in den Abgrund führt.«

Eloise flüsterte mir zu: »Ich wette, da waren ganz andere Stare im Spiel.«

Gut möglich. Inzwischen hielt ich alles für möglich. Das Olympiastadion hatte kein Dach, das wusste ich. Es war nach oben offen. Aber warum hatte dann nur Totti die Beherrschung verloren und nicht alle anderen Spieler auch? Diese Geschichte wurde immer rätselhafter.

Die ersten beiden Stunden hatten wir Mathe bei Herrn Anis. Zum Glück war Bruchrechnen vorbei, er fing an, Vierecke an die Tafel zu zeichnen und nannte das Geometrie. Früher hieß das Malen. Trapez, Drachen, Quadrat, Rechteck. Wozu muss man das Babyzeug wissen? Julian las seinen »Romanista« unter dem Pult, und Eloise zeichnete etwas, das wie eines von den platt gefahrenen Tieren auf der

Straße aussah, aber wohl ein Hund sein sollte. Eloise liebte Hunde. Nur zeichnen konnte sie keinen. Dann dachte ich an den sonderbaren Dr. Gänsebein, der Katzen im Vatikan Chips einpflanzte, und wie schön es wäre, wenn Mono noch leben würde. Dann dachte ich gerade, wie merkwürdig es war, dass ein Priester wie Dienstbier kleinen Vögeln elektronische Chips einsetzen konnte, und ob er da nicht Hilfe gebraucht hatte und wer dieser Assistent war, von dem er geredet hatte, und dann –

Dann war ich dran und sollte die Mitte eines Trapezes bestimmen.

Nach der Pause sagte Frau Tiedemann, wir würden Bio heute draußen machen unter der Schirmpinie im Hof. Es sei super Wetter und außerdem die letzte Woche vor den Ferien. Frau Tiedemann ist unsere Klassenlehrerin in Bio und Deutsch, eine Schweizerin, die jeden Morgen mit ihrer orangen Vespa in die Schule knattert und früher mal Krebs hatte. Das hat sie uns erzählt. Alle Haare seien ihr ausgefallen. Sie hat rote Haare. Sie spricht ganz leise und an jenem Tag sprach sie noch etwas leiser, aber das machte nichts, denn wir hörten jedes Wort. Sie erzählte von sich, als wären wir auch Erwachsene, nur nicht so langweilig fertig mit allem. Sie sagte uns, es sei in Wahrheit ganz egal, wie viel Geld jemand hätte und wie viel Leute er herumkommandieren könnte. Sie würde jetzt manchmal durch die Straße gehen und alles anschauen, die Gesichter und die Mauern, die

Bäume, die Dekorationen in den Schaufenstern, und dann sei sie so glücklich, dass sie es gar nicht beschreiben könnte. Ich mag Frau Tiedemann wirklich sehr gern, Eloise auch. Außerdem hat sie uns Lesen und Schreiben beigebracht. Damals sollten wir noch die Augen zumachen und uns vorstellen, wie es ist, behindert zu sein oder ganz krank. Wir sollten es uns nur vorstellen und nichts sagen. Nur etwas aufschreiben.

In der Nacht bin ich dann ohne Spucke im Mund aufgewacht und dachte, dass ich jetzt sterben müsste.

Als wir alle unter der Pinie saßen, erzählte Frau Tiedemann von »Baumerkmalen und Lebensweise des Rindes«. In der Krone der Pinie sirrten die Grillen und von der Straße konnte man den Verkehr hören. Unterarmknochen, Handwurzelknochen, Huf.

»Das Rind ist also ein Zehenspitzgänger, und was noch, Eloise?«

Auweia.

»Ein Einhorn ...«

»Wie bitte?«

»Ein ..., ein Hornträger.«

Okay, noch mal gut gegangen. Frau Tiedemann wischte sich eine Strähne aus dem Gesicht und schaute dabei nach oben, über das Dach der Schule. Irgendetwas hatte ihren Blick gefangen. Aber ihr Mund redete weiter, als hätte er mit den Augen nichts zu tun.

»Das Rind ist ein Zehenspitzgänger, ein Hornträger, ein Paarhufer und was bin ich? Ich bin nicht, was ich bin. Ihr seht eine kleine rothaarige Lehrerin, die euch etwas vom Rind erzählt und von Modalformen. Aber ich bin viel mehr. Ich bin verliebt! In Herrn Anis, wir küssen uns heimlich im Chemiezimmer und er riecht so gut nach diesem Rasierwasser und außerdem baden wir beide nackig nachts im Meer und erzählen es niemandem und dann, ach!, rase ich viel zu schnell über die Autobahn nach Hause, mit offenen Scheiben, dass man die Bäume riecht, und höre voll aufgedreht ›Airplane‹ von B.o.B, Bieohbie, I could really use a wish right now, WISCHREITNAU, WISCHREITNAU.« Frau Tiedemann begann, eckige Bewegungen zu machen, und wedelte mit beiden Händen wild in der Gegend herum. »Mensch, Kinder, ihr habt ja keine Ahnung, und glaubt ihr wirklich, mich würden Paarhufer vom Hocker reißen? Unsinn, Quatsch. Diese Rinder sind mir so was von egal.« Dann verstummte sie plötzlich. Ihr hingen zwei Haarsträhnen über dem Gesicht und in den Mundwinkeln hatte Frau Tiedemann jetzt kleine weiße Spuckebläschen.

Alle waren still. Dann hob Eloise den Arm und sagte: »Frau Tiedemann, müssen wir die Knochen wirklich alle auswendig lernen?«

Eloise, du bist wirklich die Klügste unter allen besten Freundinnen. Frau Tiedemann sah aus, als hätte ihr Eloise gerade ein chinesisches Gedicht vorgetragen. Dann schüttelte sie den Kopf, fuhr sich mit den Händen übers Gesicht und versuchte, unsichtbar zu werden.

»Ähm, ja, ich meine, nein. Welche Knochen? Vogelknochen? Was war das gerade, da war gerade was, was … Ja, Micki?«

Micki hatte sich gemeldet und dabei wild mit dem Unterarm gefuchtelt. Wahrscheinlich musste er mal.

»Frau Tiedemann, ich mag Ihre roten Haare und Ihre Vespa und das mit dem Baden ist auch okay. Aber verliebt bin ich nur in Smilla.«

Es war, als hätte jemand die Temperatur im Klassenzimmer auf Kochen und Frost gleichzeitig gedreht. Aber wir waren nicht im Klassenzimmer. Wir saßen unter der Pinie der Schweizer Schule, und Micki hatte etwas gesagt, was kein Junge jemals sagen würde. Es wurde immer verrückter.

Hatte er auch etwas von dem Starenwolkenzeugs abbekommen oder war das eine von seinen blöden Wetten oder war er nur völlig durchgedreht?

Ich wusste nur, dass dies der peinlichste Moment meiner Schullaufbahn war und sein wird. Und ich wusste noch im selben Moment: Das wird dir, Smilla, den Rest deines Lebens noch anhängen. Micki liebt Smilla. Na super.

Es wurde echt Zeit für die Ferien.

8. Kapitel

Ein gefährlicher Klecks Pistazieneis.
Aber drei Punkte sind noch kein Bild

Nach der Schule hatte ich mich mit Eloise zum Eisessen verabredet. Die größten Portionen gibt es bei Gianluciano, genau gegenüber von einer der Spitzen der Vatikanmauern. Die Schlangen hier sind fast so lang wie die vor den Vatikanmuseen gegenüber, aber ich weiß, wo ich lieber anstehe. Eis ist gut für die Nerven.

Diese Sache an der Schule hatte mich mehr fertiggemacht als zwei Erdkundearbeiten auf einmal. Irgendwie hatte ich jetzt keine Lust mehr auf Rätsel. Ich wollte nur noch auf meinem Hochbett liegen und lesen oder CDs hören.

Es gab jetzt mindestens drei Menschen, die diesen Vormittag am liebsten aus allen Geschichtsbüchern, Kalendern und Hirnen ausradieren würden. »Ich bräuchte jetzt eine Gehirntiefenwäsche«, sagte ich zu Eloise.

Frau Tiedemann hatte versucht, sich aus der Megapeinlichkeit herauszureden, und etwas von »Spontan-Theater« geredet. Sie hätte nur mal ausprobieren wollen, ob wir überhaupt noch zuhörten so kurz vor den Ferien.

»Spontan-Theater ... Ganz bestimmt. Wenn du mich fragst, läuft da schon lange was zwischen ihr und dem Herrn Anis.«

»Logo. Sonst hätte sie niemals erzählt, dass sie sich im Chemieraum küssen. Das kann sich doch keiner ausdenken. Fragola e Stracciatella.«

»Ich frage mich nur ... Pistaccio, Nocciola, Nutella, Limone und Ananas ...« Der Eismann reichte Eloise eine Waffel in XXL-Größe über den Tresen. »... was diese Vogelschwärme damit zu tun haben, dass Leute Quatsch reden, wenn sie die Vögel anschauen.«

»Das ist kein Quatsch. Eher das Gegenteil. Quatsch hat bisher nur Micki geredet.«

Wir gingen die Straße in Richtung U-Bahn entlang. Die Frauen hatten ihre Sommerkleider an und spiegelten sich in den Schaufensterscheiben, und jeder, der eine Nase hatte, trug eine Sonnenbrille darauf. Ich mag Rom verflucht gerne leiden, dachte ich gerade.

»Wieso sind manche Geschmäcker stärker als andere?«, fragte Eloise. »Ananas ist der schwächste Geschmack. Zitrone ist stärker als Banane und Vanille, und Schoko ist stärker als Erdbeer. Ich glaube übrigens, dass Schoko der stärkste Geschmack überhaupt ist. Schoko ist der Fisch unter den Eissorten.«

»Der Käse.«

Das Pflaster war mit alten Kaugummis gesprenkelt und ich sah unsere beiden Schatten darübergleiten. Eloise blinzelte erst zum Himmel und dann mich an: »Ein Bulldozer.«

»Wo?«

»Da oben. Am Himmel.« Eloise zeigte auf eine Wolke über dem Platz. »Smill, du kannst dir alles in Wolken hineindenken. Erst siehst du einen Hasen, dann einen Bulldozer, dann das Gesicht des geliebten Micki …«

»Witzig.«

»Alles ist möglich, will ich nur sagen.« Sie hob ihr Eis hoch, um ein Leck in der Waffel mit der Zungenspitze zu stopfen. »Überall siehst du Zeichen, wenn du nur willst. Aber andere sehen vielleicht nur Wolken oder blöd rumschwirrende Stare.«

Ich lehnte mich an den Bus&Metro-Plan im Wartehäuschen. Eloise hatte wohl recht. Was sollten wir schon groß machen können? Ein schrulliger Prälat hatte sein Spielzeug verloren und einer Lehrerin hatte die Sonne zu stark auf den Kopf gebrannt. Das war alles. Der Ministerpräsident hatte wirres Zeug geredet, aber das tun glaube ich viele Politiker, wenn man Papa so zuhört (was man nicht immer vermeiden kann). Wer weiß, was wir im Schulbus wirklich gesehen hatten. Immerhin war es schon nach der sechsten Stunde gewesen und die Scheiben vom Bus waren auch lange nicht mehr gewaschen worden.

»Und überhaupt. Was können zwei blendend aussehende, hochbegabte, vorschriftsmäßig geimpfte, aber leider doch erst fast elfjährige Schülerinnen schon tun gegen diesen bösen Plan? Wenn es ihn überhaupt gibt. Gar nichts können wir tun.«

Leider wahr. Mehr als Zuschauen und Eis essen konnten wir nicht tun.

»Und, was macht ihr in den Ferien? Ans Meer?«

»Nee, wir fahren wieder nach Rönnebeck.« Meine Eltern hatten sich da eine alte Gärtnerei gekauft, mitten in der Pampa, ohne Internet, ohne Fernsehen und mit einer Nachbarin, die früher Traktor gefahren war und von morgens bis abends in einer geblümten Kittelschürze im Garten stand. Wenn ihr wisst, was ich meine. Ich hatte noch Pistazie am Finger und wischte es am Metroplan ab.

Dann sah ich es.

Es war ganz klar zu sehen.

»Eloise? Wo haben wir den Schwarm genau gesehen, beim ersten Mal?«

»Irgendwo auf einer Brücke über den Tiber, oder?«

»Eben. Und dann bei uns zu Hause. Jetzt pass mal auf.«

Ich tunkte meinen Finger in die Erdbeere und tippte drei Mal auf den Bus&Metro-Plan. Für drei verschiedene Orte: Vatikan, unser Haus in der Via Germanico 96 und die

Tiberbrücke, wo der Schulbus immer langfährt. Die drei Erdbeerflecken lagen exakt auf einer Linie.

»Okay, kann Zufall sein. Aber wenn du die Linie weiterziehst, landest du direkt ...«

»... im Zoo von Rom.«

»Wo Dr. Gänsebein arbeitet. Der Tieren elektronische Chips einpflanzen kann und irgendetwas mit meinem Meerschweinchen angestellt hat.« Da war er wieder, dieser sandkornfeste Gedanke in meinem Bauch. Nur war er jetzt nicht mehr ganz so winzig. Vielleicht, ganz vielleicht, eine Quilliardemal vielleicht war Mono gar nicht tot. Gut, das klingt verrückt, aber auch nicht verrückter als andere Dinge, die wir in letzter Zeit erlebt hatten, oder?

»Mann, Eloise, das hat doch was zu bedeuten!?«

»Super Theorie. Du solltest ein Buch darüber schreiben. Leider völlig unbio-logisch. Oder hat Totti seine Tore im Affengehege geschossen?«

Mist. Ich hatte das Stadion vergessen. Und weder unsere Schule noch der Venezia-Platz, wo der Ministerpräsident seinen Aussetzer hatte, lagen auch nur im Entferntesten auf der Erdbeereis-Linie. Vielleicht gab es ja mehrere Linien oder irgendein Muster?

»In Mädchenkrimis muss man die einzelnen Punkte nur verbinden und dann ergibt sich ein Bild oder eine Schatzkarte und man weiß Bescheid«, sagte Eloise.

»Aber das Leben ist kein Mädchenkrimi«, sagte ich. »Das

Leben ist immer nur ein Leben.« Da konnte die beste Freundin von allen nicht widersprechen.

»Gut«, sagte sie, »mal angenommen, irgendetwas könnte dran sein an deiner Theorie. Dann müsste der Schwarm als Nächstes genau hier auftauchen.«

Eloise tippte mit dem Rest ihrer Waffel auf eine gezackte, ziemlich grün eingezeichnete Fläche auf dem Metroplan. Ein Tropfen Pistazieneis klebte jetzt farblich passend mitten auf einem Oval am Rande der gezackten Fläche. »Du weißt, wo das hier ist?«

Ich wusste es. Es war einer der bekanntesten Orte der Stadt. Es war dort, wo der Papst jeden Mittwoch seine Audienz abhält. Der Petersplatz.

9. Kapitel

Sunamor wäre auch ein guter Meerschweinchenname und die Apostelgeschichte wurde noch nie so völlig entspannt vorgetragen

Der Papst stand am Fenster seiner Wohnung, oben an der Kante des Palastes, fast schon im Himmel. Sie hatten einen Teppich über die Fensterbrüstung gelegt, und der Himmel war so hell, dass ich blinzeln musste. Um die Kuppel des Petersdoms kreisten Möwen. Vielleicht hielten sie sich für Tauben. Auf jeden Fall war es für die Möwen wohl bequemer, sich in Rom den Bauch vollzuschlagen, als mühsam am Meer Fische zu jagen. Sonst war von Vögeln keine Spur.

Der Petersplatz war so voller Menschen wie das Deck der »Titanic«, kurz bevor alle runterrutschen. Im Film, meine ich. Leute mit gelb-weißen Fähnchen, Leute mit komischen Mützen, Omas, die sich an den Händen hielten und mit hohen Stimmen Lieder sangen, die kein Mensch verstand. Auf ungefähr jedem zweiten T-Shirt stand »I ♥ ROMA«. Einige saßen auf dem Brunnenrand, andere hatten sich Zeitungen auf die Stufen gelegt, schwitzten und aßen ihre Brote. Der Obelisk in der Mitte zeigte ungerührt nach oben, wie ein ausgestreckter Finger. Eloise und ich drängelten uns zum Obelisken. Das war unser Lieblingsplatz. Man fühlte sich wie in der Mitte der Welt und außerdem soll oben in der Schale die Asche von Julius Caesar liegen. Dem aus dem Asterix. Aber original.

Der Obelisk soll eigentlich noch älter sein als die alten Römer. Caesar hat ihn aus Ägypten geklaut, da war er bestimmt schon tausend Jahre alt. Aber wie alt der Obelisk hinter uns auch war, so etwas wie das, was gleich passierte, hatte er bestimmt noch nicht erlebt.

»Liebe Brüder und Schwestern«, kam es jetzt aus den Lautsprechern. Die Worte hingen über dem Platz wie eine Wolke. Ich konnte nicht sagen, woher die Stimme kam. Aber sie musste von dem kleinen weißen Männchen kommen, das da oben halb im Fenster zu sehen war, denn alle reckten ihre Köpfe zu ihm auf. »Im Buch der Apostelgeschichte wird berichtet, dass die christliche Gemeinde von Jerusalem mit Ausnahme der Apostel nach einer ersten schweren Verfolgung in die umliegenden Gegenden zerstreut wurde und Philippus, einer der Diakone, eine Stadt Samariens erreichte. Dort verkündigte er den auferstandenen Christus …« Schon bei den ersten Worten stieg eine entsetzliche Müdigkeit in mir hoch. Sie kletterte von den Füßen hoch über die Knie und in den Bauch und weiter nach oben, bis alles in mir schwer wurde und schwerer und noch schwerer. Meine Gedanken lösten sich in der Hitze auf wie Sirup im Sprudelwasser. Das Gefühl habe ich meistens, wenn Papa und Mama mit mir in Kirchen gehen müssen oder Bildergalerien. Ich weiß, dass es falsch ist, aber mein Körper ist einfach stärker als ich. Und was kann ein fast elfjähriges Mädchen schon gegen seinen Körper ausrichten? »… und seine Verkündigung war von zahlreichen Heilungen begleitet, sodass der Schluss der Episode sehr bedeutungsvoll ist: ›So herrschte große Freude in jener Stadt.‹ Jedes Mal lässt uns dieser Ausdruck aufhören, der uns in seiner Wesentlichkeit ein Gefühl der Hoffnung mitteilt, so als wolle er sagen: Es ist möglich! Es ist möglich, dass die Menschheit die wahre Freude kennt, weil dort, wohin das Evangelium gelangt, das Leben aufblüht wie ein ausgetrockneter Boden.« Die Stimme des Papstes war ziemlich hoch und leiernd. Sosehr ich mich auch anstrengte, den Wörtern zuzuhören – ich konnte einfach nicht. Die Wörter polterten durcheinander wie ausgekippte Gummibärchen. Ich musste mich auf irgendetwas konzentrieren. »PAULUS V BURGHESIUS ROMANUS« stand am Petersdom vorne eingehauen, in giraffengroßen Buchstaben. Umgekehrt gelesen heißt das »SUNAMOR« und wäre auch ein guter Name für ein Meerschweinchen gewesen. Und was war das da oben über dem Wort? Etwas wischte plötzlich über die graue Kuppel. Ein Schatten. Ein Schatten, der seine Form änderte. Ich wollte mich gerade umdrehen, um zu sehen, was diesen Schatten auf die Kuppel geworfen hatte. Da passierte es. »... als auch bei jenen, die trotz ihrer alten christlichen Wurzeln eines neuen Lebenssaftes bedürfen und *prrruuuuuuuhhhhh*, um neue Frucht zu tragen und die Schönheit ...«

»Der Papst hat gepupst, Eloise.«

»Psst, sei still. Päpste pupsen nicht.«

»Päpste pupsen nicht? Aber ich hab es doch gehört. Der hat mitten im Satz gepupst, und keiner hat es gemerkt, weil keiner zuhört. Der Papst pupst!«

»Das gibt es nicht«, sagte Eloise und hatte natürlich recht. Dass Vögel Figuren fliegen, gibt es allerdings auch nicht. Um uns herum schwitzten und dösten die Leute weiter vor sich hin. Auch der Papst redete weiter, als wäre nichts passiert. Vielleicht hatte er es selbst nicht gemerkt und schon wieder vergessen. Aber sind Päpste nicht allwissend oder jedenfalls fast?

Meiner besten Freundin waren nun wohl auch Zweifel gekommen. »Wenn ...«, fing sie an, ging zum Brunnen und hängte ihr Gesicht unter den Wasserstrahl. »... wenn du richtig gehört hast ...«, sagte sie weiter, wischte sich den Mund ab und drängelte sich einige Schritte durch die Menge, bis sie auf einer Marmorplatte stand, wo eine Wolke die

Backen aufbläst. Ehrlich, die ist da eingemauert. »... dann hat das etwas mit der Starenwolke zu tun. Oder?«

Auf einmal kam mir ein Gedanke. Er war plötzlich da. Erst verstand ich ihn selbst gar nicht. Ich machte den Mund auf und sagte die Wörter, aber erst beim Aussprechen verstand ich sie. Das klingt absurd, aber genau so war es: Ich hörte mir selbst zu. Ich sagte: »Päpste reißen sich zusammen und Vögel tun es nicht. So ist das eigentlich. So ist es immer gewesen, seit es Päpste gibt und Stare. Aber hier ist es ganz klar umgekehrt.«

Eloise überlegte. Jedenfalls sagte sie nichts und kratzte sich an einem Mückenstich am Knie.

»Die Vögel nehmen eine Form an und die Menschen verlieren sie.« Das war jetzt genau das Gleiche, aber ich musste irgendwie weiterreden. »Wie bei dem Experiment mit den Eisenspänen bei Herrn Anis, weißt du noch? Als der Magnet unter das Blatt gehoben wurde, ordneten sich die Späne. Und als er ihn wieder weggezogen hat, geriet alles wieder durcheinander.«

»Der Papst war durcheinander. Totti war durcheinander. Micki und der Ministerpräsident waren sogar total durcheinander. Kommt hin. Kommt sogar ziemlich phänomenal gut hin. Du bist Supersmilla, das Wunderhirn, du bist ...«

Soll ich jetzt schreiben, dass ich ihr noch lange hätte zuhören können? Nein. Mit Komplimenten ist es wie mit Eis. Eine Kugel ist prima. Zwanzig sind zu viel.

Als ich nach Hause kam, saß Mama auf dem Balkon mit einem Glas Weißwein und las.

»Wo ist Papa?«

»Der musste noch einmal kurz weg. Irgendeine Verabredung, die er vergessen hatte. Und du, was gibt's Neues?«

Ich war noch so aufgeregt von unserer Entdeckung, dass ich sofort alles erzählen musste.

»Du, Mama? Weißt du ...«

»Hmmmh?«

»Päpste können nicht pupsen, oder? Können sie aber doch, das haben Eloise und ich heute herausgefunden.«

Verflucht, das klang jetzt vollkommen schräg. Jedenfalls schien sich der Puls von Mama durch meine Erkenntnisse nicht messbar zu erhöhen.

»Ach ja?« Mama war wieder in ihrem Buch versunken.

»Und Frau Tiedemann hat die Vögel auch gesehen und ist dann ganz anders gewesen und alles hängt mit allem zusammen.«

»Smillchen, das ist wirklich sehr interessant, aber ich bin gerade mitten im Kapitel. Wir reden später drüber, ja?«

Aber beim Abendbrot redeten Mama und Papa dann nur wieder über Vegetarier und dass man Tiere nicht nur züchten soll, um sie aufzuessen. Kann ich verstehen, besonders, wenn nachher nur Langkau-Fleisch dabei herauskommt.

»Wusstest du eigentlich, dass in Südamerika Meerschweinchen so was sind wie Brathähnchen bei uns?«, fragte Papa, wieder mal ganz der einfühlsame Erwachsene. Ich hatte sowieso keinen Hunger mehr.

Kinder reden über wichtige Dinge. Über Freundschaften, Tiere, neue Spiele. Erwachsene reden übers Essen. Über Diäten und Kohlenhydrate und weshalb manche Sprudelwasser anders und viel gesünder sprudeln als andere. Ich habe eine Tante, die im Restaurant erst stundenlang die Speisekarte liest und dann doch immer nur sagt: »Ich nehme einen Salat.« Mit einer Stimme, als hätte sie sich gerade für die Menschheit aufgeopfert. Sie verbringt mehr Zeit auf der Waage als ich bei den Hausaufgaben. Und gleichzeitig hat sie zig Zeitschriften abonniert, wo seitenlang über das beste Steak und die wildesten Tomaten geschrieben wird. »Wieso isst du nicht einfach, was dir schmeckt?«, habe ich sie mal gefragt. Da ist sie zusammengezuckt und hat gesagt: »Wer isst, was er will, der ist nicht, wie er sein soll.« Eine andere Tante tut immer so, als sei Zucker reines Rattengift, aber wenn sie wieder abreist, ist mit hundertprozentiger Sicherheit kein einziger Keks mehr im Schrank. Ich esse, weil ich Hunger habe, und dann immer Spaghetti. Nudeln sind die Super-Ideal-Diät für den Menschen, weil sie schmecken und man sie auf die Gabel wickeln kann. Es gibt tausenderlei Formen von Nudeln: Sternchen-, Buchstaben-, Lockennudeln, Nudeln in dicken Streifen oder Röhrchen, gedreht, verknotet, mit Rillen drin oder ganz glatt, gerollte, gedrillte und geknüllte, Schmetterlingsnudeln, Haarnudeln, Rundnudeln und Buntnudeln. Nudeln sind also die vielfältigste, abwechslungsreichste, ausgewogenste, von allen Apothekern und Packungsbeilagen empfohlenste Nahrung überhaupt. Nudeln verdanke ich alles, jede Zelle meines fast elfjährigen Körpers ist mit Nudeln großgezogen worden.

Aber erklär das mal meinen Tanten.

Abends kommt Mama immer noch in mein Zimmer und setzt sich an mein Bett, um mir ein Gedicht vorzulesen. Das klingt nach Kinderkram und ich erzähle es auch niemandem sonst und es ist bestimmt nicht meine Idee gewesen. Es hat sich einfach so ergeben, nachdem Papa in der Zeitung las, man solle Kindern Gedichte vorlesen, damit sie schöner sprechen. Oder sich besser Dinge vorstellen können. Jedenfalls sei es gut, und deswegen saß Mama jetzt auf der Bettkante und las einen traurigen Text über einen Panther in Paris, der sich aber gut reimte.

»Der weiche Gang geschmeidig starker Schritte, der sich im allerkleinsten Kreise dreht, ist wie ein Tanz von Kraft um eine Mitte, in der betäubt ein großer Wille steht«, sagte Mama und hatte plötzlich einen Kloß im Hals. Ich musste an die Vögel denken, wie sie tanzten und wie sie dann plötzlich einen Moment lang in der Luft erstarrten. Das Gedicht ging bestimmt noch endlos so weiter. Aber das habe ich dann nicht mehr mitbekommen.

10. Kapitel

In Zoos gibt es einiges zu sehen, nur eine Wiederauferstehung von den Toten ist auch dort recht selten

Am nächsten Morgen wachte ich auf und der Tag lag frisch und vielversprechend vor mir wie eine Tüte Gummibärchen vor dem Aufreißen. Ich hatte irgendetwas vom alten Kindergarten in Berlin geträumt. In Farbe. Das passiert mir oft. Immer sind dann alle Freundinnen dabei und Mama und Papa und ich stehe in der Mitte einer Geschichte und alle hören mir zu. Und etwas von diesem Gefühl war wohl in den Tag rübergeschwappt. Jedenfalls ging es mir super, als ich meine Schokopops in mich hineinschaufelte, und außerdem war da noch diese geniale Idee.

»Wir gehen heute Nachmittag in den Zoo und schleichen uns in das Laboratorium von diesem Gänsebein-Arzt. Dann retten wir Mono«, sagte ich im Bus zu Eloise. Sie schaute mich mit dem Gesichtsausdruck eines aus dem Schlaf gezerrten Nilpferds an. Kein Kompliment, aber so war es. »Elo, hör mir erst mal zu. Dieser Tierarzt ist nicht ganz sauber. Der hat ein Geheimnis. Und vielleicht hat er uns auch über Mono nicht die ganze Wahrheit gesagt.«

Ich wollte einfach nicht glauben, dass mein Meerschweinchen wirklich gestorben war. Außerdem hatten wir am Nachmittag noch nichts vor.

Und zumindest das leuchtete Eloise sofort ein. Die Straßenbahnen in Rom sind grün wie Pistazieneis. An der Haltestelle am Platz bei uns um die Ecke standen gerade zwei von ihnen nebeneinander wie Stallpferde. Die 19 fuhr unseren Schulweg entlang, über den Tiberfluss und zum Park hinauf, wo der Zoo lag. Der Eingang war ein weißer Steinbogen, von dem ein Steinelefant seinen Rüssel herunterschwenkte. Schulklassen standen Schlange und Kinder quengelten nach Luftballons, die in bunten Trauben über der Popcornbude schwebten.

Das Gebäude, wo die Labore untergebracht waren, lag am Rande des Parks, hinter den Braunbären. »Wir warten einfach so lange, bis der Arzt rauskommt. Dann passe ich draußen auf und pfeife, wenn er wieder reingeht«, sagte Eloise, während wir an den Rotnasenbären vorbeischlenderten.

Die Idee leuchtete mir ein. Nur eine kleine Frage blieb offen: »Wenn du Schmiere stehst, wer geht dann mit mir rein?«

»Smilla, sei nicht so. Tu es für Mono.«

Das war gemein.

Überall staksten einem Pfaue vor den Füßen herum. Man hörte nur das Plätschern der künstlichen Wasserfälle, das Schreien der Vögel in den Bäumen und aus der Ferne immer wieder das Gebrüll der Affen. Aber das war vielleicht auch nur eine Schulklasse, die sich wie eine Affenbande anhörte.

Wir gingen vorsichtig die Treppe zu dem Laborgebäude hoch. Ein Gärtner rollte mit seinem Elektrokarren vorbei, sonst war niemand zu sehen. Kein Mensch weit und breit. »Tierarzt-Büro« stand auf der Tür. Ich brauchte keine super Noten, um zu wissen, dass sie verschlossen war.

Wir gingen hinter einem alten Brunnen in Deckung und warteten. Alles blieb ruhig.

»Vielleicht hat der Arzt heute seinen freien Tag?«, flüsterte ich.

»Umso besser, dann kann er uns nicht erwischen«, flüsterte Eloise zurück. Ich fing gerade an zu überlegen, was sie damit sagen wollte, als plötzlich die Tür aufgestoßen wurde. Ein schlanker, langer Mann mit einer Frisur wie eine Schuhbürste eilte aus dem Gebäude und verschwand in Richtung Nasenbärgehege. Die Tür hinter ihm zog sich langsam wieder zu.

»Los! JETZT!«, schnaufte Eloise in mein Ohr.

Und ich rannte los.

Ich rannte, ohne darüber nachzudenken, dass ich eigentlich überhaupt nicht mutig war. Ich rannte, ohne zu wissen, was ich hinter der Tür anstellen sollte. Ich wollte nur die Tür erreichen, bevor sie wieder ins Schloss fiel. Alles lief wie in Zeitlupe ab. Ich sah, wie die Tür den Rahmen berührte und kurz stoppte, als würde sie nachdenken, was sie jetzt weiter tun musste. Noch einen kurzen Moment und es würde klack machen …

Klack. Ich zerrte an der Klinke. Verdammt. Zu spät. Ich wischte mir den Schweiß ab und drehte mich zu Eloise um. »Mist«, zischte ich zu ihr rüber. Da sah ich, ein paar Meter entfernt, eine zweite Tür mit einer Milchglasscheibe. Es war sowieso alles egal, also ging ich hin und probierte, sie aufzudrücken.

Sie war offen. Und ich ging tatsächlich rein.

Dahinter begann ein langer Gang mit Glastüren und Schränken. Es roch streng nach Tierpipi, nach Medizin und Heu. Eine Uhr tickte und irgendetwas scharrte und schnaufte. Ich rannte zu einem Schrank und ging daneben in Deckung, kauerte mich hin und stützte mich mit den Händen am Boden ab. Da spürte ich etwas. Und ich musste nicht erst hinschauen, um zu wissen, was mir da an den Händen klebte. Kleine Würstchen, grau wie Asphalt und so perfekt gerollt wie eine Winz-Zigarre: Meerschweinchenköttel. Mono-Köttel. Und sie waren noch frisch. Ich hatte es geahnt. Gänsebein hatte Papa frech angelogen. Mono lebte, als Gefangener eines verrückten Tierarztes, der wahrscheinlich irgendwelche kranken Experimente mit ihm machen wollte. Mono, mein Mono, ich rette dich!

Auf einer der Türen stand ein Schild: »Dr. Gänsebein, leitender Tierarzt«. Ich drückte die Klinke hinunter. Abgeschlossen. Aber es war ein altmodisches Schloss und ich konnte durchs Schlüsselloch schauen. Ich sah einen Behandlungstisch aus Edelstahl, Lampen und irgendwelche Operationsgeräte wie im Krankenhaus. Jede Menge ausgestopfte Tiere. Und – einen Schreibtisch, auf dem ein anscheinend selbst gebauter schwarzer Kasten stand. Klaro, das war der geklaute Schwarmschreiber. Und dann brach es plötzlich aus. Ein Lärm wie von einer Autoalarmanlage: »Fuiiit – Fuiiieeeet – Fuiiieeeeet«. Meerschweinchenfiepen! »Mono, ich bin gleich bei dir«, flüsterte ich.

Gerade als ich überlegen wollte, was die Wilden Hühner in dieser Situation wohl gemacht hätten, schreckte ich auf. Es kam jemand. Schritte. Ich hörte sie ganz deutlich. Da war etwas am Ende des Gangs, ein Schatten, eine Bewegung. Der Tierarzt. Mann, Eloise, weshalb pfeifst du nicht? Ich musste mir eine Ausrede überlegen. Aber mir fiel nichts ein. In mir war alles kalt und völlig leer, nur mein Herz hämmerte wie wild im Hals. Die Schritte kamen näher. Noch zwei Meter vielleicht. Ich drückte mich wie ein Kaninchen in die Ecke hinter einen Schrank auf dem Flur und versuchte, nicht zu atmen. Wenn Gänsebein mich hier entdeckte, würde er mich einsperren. Mama und Papa hatten keine Ahnung, wo ich gerade war. Und Eloise? Die hatte er bestimmt auch schon entdeckt und eingesperrt, sonst hätte sie doch gepfiffen. Jetzt waren die Schritte genau neben dem Schrank. Das heißt, die Schritte waren fort. Ich hörte nichts mehr. Der Schatten war stehen geblieben.

»SMILEY ... Suchst du nach Ostereiern, oder was? Haben deine Eltern dir nicht gesagt, dass sie dieses Jahr gar keine versteckt haben?«

Das war Benitos Stimme. Kein Zweifel. So bekloppt redete nur einer.

»Benito? Was machst du denn hier?«, war das Einzige, was mir einfiel.

»Falsche Frage. Du bist hier die Einbrecherin, wenn ich richtig sehe.« Benito hatte einen Lolli im Mund und einen rosa Fleck Spucke im Mundwinkel.

»Quatsch. Ich wollte bloß ...«

»Na?«

»Noch mal den Tierarzt besuchen, der Mono operiert hat.«

»Und deshalb versteckst du dich hinter dem Schrank? Pass mal auf, meine Kleine ...«

Mit einem saftigen Plopp zog er den Lutscher aus dem Mund und holte tief Luft.

Dann stand hinter ihm plötzlich eine große Gestalt: Gänsebein. Und hinter ihm sah ich eine kleinere, mir aber sehr bekannte Gestalt: Eloise. Sie winkte mir zu und schien es völlig normal zu finden, mit unserem Erzfeind und Schweinchenkidnapper zusammen herumzulaufen.

»Na, Benito, zeigst du deiner Freundin die geheimnisvolle Welt der tierärztlichen Privaträume?«, fragte der Tierarzt gut gelaunt.

»Mann, Onkel. Erstens ist das da«, Benito spuckte das Wort aus, als sei ihm eine Mücke in den Mund geflogen, »nicht meine Freundin. Zweitens habe ich die nicht hier reingelassen.«

»Hallo, Smilla, schön, dass wir uns einmal wiedersehen. Deine Freundin Eloise habe ich schon draußen vor der Tür getroffen.«

»Wir wissen, dass Sie Mono hier gefangen halten«, rief ich etwas zu piepsig und etwas zu laut. »Außerdem haben Sie den Poimnographen gestohlen. Sie sind Mister X!«

Gänsebein schaute mich an, als hätte er soeben einen ausgestorbenen Zwergdino wiederentdeckt. Eine Weile sagte er gar nichts, nur seine Augen bewegten sich hastig. Dann richtete er sich auf und fing herzlich an zu lachen. Er lachte, bis ihm die Tränen kamen. Er lachte so laut, dass erst Benito und dann auch Eloise anfingen mitzulachen.

»Ach so, das hat dich hierhergeführt«, keuchte er schließlich, griff in die Tasche seines Kittels und schloss sein Labor auf.

»Kommt rein und schaut euch um. Übrigens ist Benito mein Neffe.« Ich rannte auf die Meerschweinchenkäfige zu.

Es waren vielleicht zehn. Aber in keinem fand ich Mono. Alle Tiere fiepten, aber alle hatten glattes Fell und keine Wuschelfrisur wie meines.

»Smilla, ich weiß, wie es ist, wenn man ein Haustier verliert, glaub mir. Ich würde dir gern etwas anderes sagen. Aber dein Mono ist wirklich tot.« Gänsebeins Stimme klang jetzt wieder so väterlich wie damals, als er uns die Meerschweinchen abnahm.

»Mausetot«, echote Benito, die Ratte. Ich spürte, wie mich der Mut verließ. Dennoch versuchte ich es weiter.

»Sie können mir viel erzählen. Und was ist das hier auf Ihrem Schreibtisch?« Ich zeigte auf den Poimnographen.

»Du meinst meinen ultrageheimen, selbst gebauten Radarfallenfinder? Smilla, ich bitte dich, so etwas brauchst du noch nicht. Aber ich leihe ihn dir gerne später einmal aus.«

Gänsebein versuchte, mir übers Haar zu streichen. Ich hasse das und sprang zur Seite.

Eloise konnte ihren Mund nicht halten und fing an zu erzählen. Von den Vogelschwärmen, den Figuren, dem alten Prälaten. Ich trat ihr auf die Sandale, aber sie redete immer weiter.

»... und deswegen dachten wir, Sie steckten hinter der Sache.«

Gänsebein war über der Erzählung wieder ernst geworden und hatte aufmerksam zugehört. Dann schüttelte er seinen Bürstenkopf.

»Dieser Priester Dienstbier … Ihr könnt natürlich nicht wissen, was im Vatikan über den Mann geredet wird.« Er drehte die Augen zur Decke und wedelte mit der rechten Hand vor dem Gesicht herum. »Ich sage nur eins: Er sollte sich lieber um seine Bibelstellen kümmern, nicht um Tiere, von denen er nichts versteht. Haltet euch bloß fern von dem alten Spinner.«

»Er redet ja sogar mit sich selbst«, sagte Eloise, und ich fing an, sie heute unmöglich zu finden.

»Na, wenigstens einer, der ihm zuhört«, grinste Gänsebein. »So, genug geplaudert. Ich habe noch etwas zu tun. Kommt gerne jederzeit vorbei, wenn ihr wollt. Wir haben neue Bartaffen bekommen, *Macaca silenus*. Echt zum Brüllen.«

Als er Eloise und mich zur Tür hinausschob, fiel mir noch etwas ein.

»Und was ist mit den Starenwolken? Sind das etwa auch Einbildungen?«

Gänsebein schien nicht gehört zu haben. Er zog einfach die Tür hinter sich zu. Von innen hörten wir ihn aber rufen: »Schwärme sind wie Kaffeesatz. Da kann jeder herauslesen, was er will. Macht's gut, ciao!«

Draußen schien grell die Sonne durch die Bäume.

»Mensch, Eloise, was ist los mit dir? Du hast dich völlig einwickeln lassen von dem Typ. Das ist total belämmert.«

»Mensch, Smilla. Weißt du eigentlich, wie superpeinlich

das gerade war? Der Typ ist völlig in Ordnung. Wir können froh sein, dass er uns nicht rausgeworfen hat. Das war absolut fair von dem.«

Ich glaubte, nicht richtig zu hören. Eloise hatte die Seite gewechselt.

»Das Ganze ist eine Spinnerei von dem alten Dienstbier«, sagte sie weiter. »Poimnograph! Schäumnograph. Träumnograph. Wir haben uns da in etwas hineingesponnen. Komm, vergiss es.«

Wir waren an den Rotnasenbären vorbei und an dem Gehege der Elefanten. Ich war stinkesauer. »Und überhaupt: Warum hast du eigentlich nicht gepfiffen, du Tröte?«

Eloise versuchte, sich unsichtbar zu machen. Dann gab sie zu, gar nicht pfeifen zu können, jedenfalls nicht laut genug. Nur mit gespitzten Lippen. Und auch nur, wenn sie nicht aufgeregt ist.

Gänsebein hatte ein fast elfjähriges Mädchen mit aufgeblasenen Backen vor seinem Labor stehen sehen. Und Eloise war absolut keine Ausrede eingefallen. Sie hatte alles sofort ausgeplaudert.

»Smill. Ey … Sei jetzt nicht zickig. Selbst wenn es diese Schwärme gibt … Immerhin wissen wir jetzt, dass Gänsebein nicht dahintersteckt. Dann suchen wir eben weiter.«

Ich wollte aber zickig sein. Kein Mono, keine Spur und ein saftiger Streit mit meiner besten Freundin. Eine totale Pleite, dieser Tag.

11. Kapitel

Wie man sich in einen Baum verwandelt
und weshalb es manchmal doch gut ist,
in langweilige Museen zu gehen

In Rom gibt es viele Denkmäler und alle bedeuten etwas. Wenn es genauso viele Spielplätze gäbe wie Statuen, würde die Stadt auch Kindern etwas bedeuten. Aber es ist ja schon unmöglich, in unserer Straße Rad zu fahren, weil überall Autos parken. Sogar auf dem Zebrastreifen. Ich war jedenfalls ziemlich mieser Laune, als ich nach Hause kam. »Hallo, Smilla, rate, welch wundersamer Ausflug dich heute erwartet?« Das war Papa. Er hatte sich freigenommen, und ich hatte kurz die Hoffnung, dass wir nachmittags noch ans Meer fahren würden.

»An den Strand? Unsinn, Strand kannst du immer haben. Nein, wir gehen – ins Museum! Ich merke, du kannst deine Begeisterung noch nicht in Worte fassen, meine Liebe.«

Papa findet sich komisch, wenn er so redet. In Filmen

ist das vielleicht auch lustig, aber nicht im Leben. Ich habe vergessen zu erzählen, dass Papa einige Eigenschaften hat, die ruhig berichtet werden können, ohne peinlich zu sein. Er spielt ganz gut Gitarre, immer die gleichen Stücke, aber es klingt gut. Und er hat sehr große Füße, auf denen ich bequem stehen kann, wenn er durch die Wohnung läuft. Er liebt seine Zeitung, Bob Dylan und mit seinen Freunden mittags essen zu gehen. Aber am meisten liebt er einen Bildhauer mit einem Namen wie eine Eisdiele: Bernini.

Papa hat über diesen Bernini sogar ein Buch geschrieben. Es sind viele Bilder darin, aber ansonsten ist es unlesbar. Ich glaube, er kennt jede Falte von den Denkmälern. Deshalb glaubte ich ihm auch, als er sagte, es wäre ein super Geschenk, ins Bernini-Museum zu gehen. Zum Glück lag dieses Museum im Park Villa Borghese, wo auch der römische Zoo ist.

»Dann gehen wir aber auch in den Zoo, zu den Meerschweinchen.«

»Das schaffen wir nicht, die Zeit ist zu knapp.«

»Du wirst staunen«, sagte Mama. »Es soll dort eine Statue geben, wo sich eine Frau in einen Lorbeerbaum verwandelt. Das sieht man richtig.«

Ich wollte lieber sehen, in wie viel kleine Meerschweinchen sich Lisa inzwischen verwandelt hatte. Es mussten einige Dutzend sein.

Es klingelte. »Ich geh schon«, sagte ich. Vielleicht war es Eloise oder einer der Fratelli-Brüder von oben. Aber in der Tür stand nur Benito, mit einem Rucksack über der Schulter.

»Ich will nicht zu dir«, sagte er zur Begrüßung.

»Benito? Komm ruhig rein«, rief Papa aus der Küche.

Wie bitte? Was machte dieser Kerl in unserer Wohnung? Und noch dazu nach seinem Auftritt gestern im Zoo.

Aber davon konnten meine Eltern ja nichts wissen. Die bittere Wahrheit war, dass Benito, ausgerechnet Benito, mit uns zur Galleria Borghese fahren sollte. Seine Eltern hätten angeblich einen Arzttermin und deswegen hätten sie gefragt, ob ihr missratener Wonneklops (sie verwendeten einen anderen Ausdruck) den Nachmittag bei uns verbringen könnte. Sie hatten keine Lust, vermute ich, ihre Wohnung anschließend renovieren zu dürfen.

»Papa, das macht die Sache echt nicht besser«, sagte ich hilflos.

Berli ist unser Auto. Eigentlich »Berlingo«, ein grüner Lieferwagen mit Schiebetür.

Hässlich, aber praktisch, wie Mama sagt. Als ich klein war, sind Papa und ich mit Berli immer durch Berlin gekurvt. Er musste mir dann den kleinen Finger in den Mund stecken, weil ich sonst gebrüllt hätte (behauptet er heute), und mit tiefer Stimme so tun, als würde das Auto mit uns reden. Nach dem Motto: »Papa, wieso brüllst du den Radfahrer so an? Das mag Smilla nicht, oder Smilla?«

Benito saß neben mir, als würde er dort hingehören. Manchmal grinste er zu mir herüber, und ich konnte mir denken, dass er jetzt eine Frechheit sagen würde, wenn wir alleine wären.

»Seit wann interessierst du dich für ein Museum?«

»Immer schon. Ich arbeite seit Jahren schon an der völligen Entfaltung meiner Intelligenz. Aber davon verstehen Mädchen ja nichts.«

Na also, ganz der Alte. Ich hätte in dem Moment das Gespräch abbrechen sollen, aber ich war einfach zu neugierig.

»Und was hast du im Rucksack«, fragte ich Benito, »außer Schoko, Dickmachern und Windeln für den Ernstfall?«

Benito fand das wohl nicht witzig. Jedenfalls machte er seinen Rucksack nicht auf, sondern schaute nur noch nach draußen.

Die Galleria Borghese ist eigentlich nur eine kleine weiße Villa mitten im Park, mit Kieswegen drum herum und Orangenbäumen, die im Winter mit Mützen eingepackt werden.

Papa raste natürlich wie ein von der Leine gelassener Hund zu seiner Bernini-Statue im ersten Stock und fing an, ohne Punkt und Komma zu reden. Anscheinend hatte ein Gott namens Apollo ein Mädchen gejagt, das gar nichts von ihm wollte und nur noch einen Ausweg sah: sich in einen Lorbeerbaum zu verwandeln. Besser wäre es gewesen, sie hätte ihn verzaubert, in eine Topfpflanze zum Beispiel. Aber das hätte in Marmor natürlich nicht so gut ausgesehen. Während Papa noch weiterredete, ging ich einige Säle weiter, um zu schauen, ob es etwas für Kinder gab. Da entdeckte ich Benito. Er stand neben einem Feuerlöscher mit dem Rucksack in der Hand und schien nicht sehr beglückt, mich zu sehen. Wahrscheinlich hatte er sich gerade ein Mars in den Mund geschoben und das Papier irgendwo hier entsorgt. Ich versuchte, ihn in einen Lorbeerbaum zu verwandeln. Klappte aber nicht. Das musste ich noch üben.

»Ey, hast du schon die Nackte da drüben gesehen?« Er schlurfte, so schnell er konnte, in den nächsten Saal und zeigte auf ein anderes Denkmal. Jetzt sollte ich wohl rot werden. Ich folgte ihm und kniete mich hin, um das Metallplättchen zu lesen, das an der Statue angebracht war. »La verità svelata dal Tempo«. Das war Italienisch, etwas mit Wahrheit und Tempo. Eine nackige Frau will sich gerade abtrocknen, aber jemand reißt ihr – Tempo, Tempo! – das Handtuch weg. Ich musste kurz an unsere Lehrerin Frau Tiedemann denken, vor allem, weil diese Marmorfrau gar nichts dagegen hatte, so ohne alles auf ihrem Stein herumzusitzen. Ihr Po allerdings war bedeckt und das ist ja die Hauptsache.

Benito war mittlerweile in einen der hinteren Säle abgedüst. Ich lief eine Weile gelangweilt herum und überlegte, wie ich dieses Museum am besten überstehen konnte, da beobachtete ich, wie Benito vor einem großen knallbunten Bild stand, als würde er etwas darauf suchen. Dann drehte er sich plötzlich um. Ich versteckte mich schnell hinter einem Marmorkamin.

Gerade als ich wieder aus der Deckung kam, latschte Benito aus dem Saal und schien noch genervter über meinen Anblick zu sein als ohnehin schon.

»Smilla?«

Hatte er meinen Namen eben korrekt gesagt? Dann hatte ihn wirklich etwas komplett aus der Fassung gebracht.

»Tja, Kunst kann schon ziemlich müde machen, vor allem bei schwachen Geistern ist das so«, sagte ich grinsend.

»Haha. Sehr witzig«, entgegnete Benito und ging weiter.

Mir kam es so vor, als wäre Benitos Rucksack leerer als vorhin im Auto. Wie konnte ein Mensch nur so viel essen. »Mensch, Benito, dich wird man eines Tages nicht in Marmor meißeln. Dich werden sie in Beton gießen, so wie du aussiehst.«

Das war nicht nett von mir. Aber ich wollte ihn unbedingt loswerden, denn ich hatte etwas gesehen.

Kaum war Benito grummelnd um die Ecke verschwunden, ging ich zu dem Gemälde. Ein »Dosso Dossi« hatte es gemalt. Klang wie aus einem Donald-Duck-Heft. Man sah eine Prinzessin und einen Hund in einem Park. Der Hund schielte hungrig auf einen Star, doch der Vogel hockte auf einer Ritterrüstung und ließ sich von dem Hund nicht beeindrucken.

Aber was hatte Benito hier gesucht? Das Bild war riesig wie eine Schultafel. Ich versuchte, hinter den Rahmen zu schauen. Wieso eigentlich? Glaubte ich im Ernst, dort wäre Mono versteckt oder eine mit Wachs bekleckerte Schatzkarte? Links von dem Bild, in einer Ecke des Raums, stand nur noch ein Feuerlöscher. Genervt ging ich wieder zurück und fiel fast auf die Nase, weil die Lasche meiner Sandale herunterhing. Ich bückte mich, um sie in die Schlaufe zu fummeln. Da sah ich es. Hinter dem Feuerlöscher lag ein kleiner Holzkasten. Man konnte ihn nur sehen, wenn man ganz dicht am Boden war. Ich ging hin, schaute mich um, ob gerade jemand kam, und versuchte, das Ding unter dem Feuerlöscher herauszufischen. Wenn das eine Bombe war, wäre ich jetzt schon in Atome aufgelöst, dachte ich noch, um mir Mut zu machen. Benito war ein fieser Zeitgenosse, okay, aber trotzdem würde ich ihm nicht zutrauen, eine Bombe in ein Museum zu schmuggeln, vor allem in eins, das im Keller einen Schokoladenautomaten hatte. Plötzlich näherten sich Schritte. Ich steckte das Kästchen schnell hinten in meine Jeans und tat so, als würde ich mich wahnsinnig für das große Bild vor meiner Nase interessieren.

Das Kästchen hinten in meinem Hosenbund war leicht und vibrierte ein wenig. Es war an der Zeit, aus dem Museum zu verschwinden. Und zwar möglichst schnell. Jetzt musste ich nur noch meine Eltern überzeugen.

»Papa, wann gehen wir denn?«

»Gleich. Willst du noch ein Eis?«

»Nein, ich will nach Hause. Ich muss noch Hausaufgaben machen.«

Na also. Das hatte doch mal wieder geklappt.

12. Kapitel

Nachts kommen einem die besten Ideen.
Wenn man nur nicht schlafen müsste

Einen Parkplatz in der Via Germanico zu finden, ist ungefähr so schwierig wie die Entdeckung außerirdischen Lebens. Jedenfalls, wenn man Papas Erzählungen glauben will. Deswegen hielt er kurz vor unserem Haus, um uns schon einmal herauszulassen, und wir stiegen aus. Ich raste als Erste raus in Richtung Fahrstuhl, um Benito loszuwerden und endlich nachschauen zu können, was ich dahinten in meinem Hosenbund hatte. Als ich an unserer Wohnungstür ankam, entdeckte ich einen Zettel. »Für FRL. S.« stand darauf. Der Zettel sah etwas speckig aus und roch nach Suppenwürfel. »Komm schnell hoch. Wir haben eine Idee. Und es ist auch noch Suppe da. Viele Grüße von oben, deine Fratellis.« Jemand hatte mit einer etwas anderen Schrift noch ein »sehr leckere« vor das Wort »Suppe« gekrakelt.

Ich sagte Mama, ich müsste schnell mal nach oben, um

den Nachbarn bei etwas zu helfen. Sie glaubte mir, weil sie sich möglichst schnell mit ihrem Schmöker auf den Balkon verziehen wollte, solange die Sonne noch schien.

Die Fratellis hatten schon auf mich gewartet. Ich glaube sogar, ihre Bärte waren weniger schmuddelig als beim letzten Mal.

»Gut, dass du so schnell gekommen bist«, sagte Giovanni und schob mich an den Küchentisch. »Setz dich. Wir haben nämlich über deine Stare nachgedacht.«

»Sogar ziemlich lange«, echote sein Bruder.

»Vielleicht ist dir schon mal aufgefallen, dass man nachts besser nachdenken kann, als wenn die Sonne scheint.«

Das war mir zwar noch nie aufgefallen, weil ich nachts meistens schlief, aber es leuchtete mir sofort ein. Auf jeden Fall war es ein sehr gutes Argument, wenn ich wieder mal zu früh ins Bett musste.

»Weißt du, es gibt Menschen, die tags leben, und andere, die lieber nachts leben. Zu denen gehören wir. Wir gehen lieber nachts durch die Stadt.«

»Damit euch keiner sieht?«

»Das auch. Aber nachts ist die Stadt aufregender. Ist dir das noch nie aufgefallen? Alles ist unordentlicher und das gefällt uns. Nachts gehört die Stadt den Tieren, den wilden Katzen und den Hundebanden, den Ratten und den Mäusen und all den entflohenen Haustieren.«

Die Brüder kannten diese Tiere alle, so wie sie jeden Fleck

kannten, wo sich nachts ein paar Zutaten für ihre Suppe organisieren ließ. Giovanni erzählte von einer griechischen Landschildkröte, die seit Jahren in einem Schrottauto am Verano-Friedhof wohnte, von einem entflogenen Papageienpaar, dessen Kinder jetzt schon in den Pinien vom Borghese-Park brüteten.

»Nachts ist Rom ein besseres Rom. Finden wir jedenfalls. Nachts muss sich keiner an die Regeln halten, weil sowieso keiner da ist. Außerdem sieht man nichts im Zwielicht. Du weißt nie, was ein Schatten ist und was nicht. Es ist so wie …«

Giovanni überlegte, kratzte sich den Bart und schaute dann ratlos zu seinem Bruder hinüber. Der fing ebenso an, sich den Bart zu kratzen, und sagte auch nur: »Das ist so wie …«

»Wie ganz allein in der Schule eingesperrt zu sein an einem Sonntag?«, fragte ich.

»Ganz genauso ist es. Man kann machen, was man will. Du bist irgendwie freier. Im Dunkeln ist jeder, wer er wirklich ist, und muss sich nicht verstellen. Und weißt du was?«

»Was?«

»Das mit den Vogelwolken ist genauso, haben wir uns überlegt. Jemand sieht diese tollen Vogelschwärme und denkt nicht mehr daran, was er jetzt eigentlich machen soll, nur weil alle das von ihm erwarten. Das ist ihm komplett egal und er ist nur noch so, wie er ist.«

Giovanni sah mich wieder an mit diesem Ist-das-nicht-ein-großer-Knochen?-Hundeblick. Das war wirklich eine ziemlich einleuchtende Geschichte, die sich die Fratellis da auf ihren Streifzügen zusammengereimt hatten.

»Ihr meint also, die Leute brauchen nur die komischen Figuren der Vogelschwärme anzuschauen und sind so hin und weg davon, dass sie alles andere vergessen?«

»Kann doch sein. Was würdest du denn machen, wenn die Ameisen auf eurem Balkon plötzlich damit anfangen, ihre Straßen in Schreibschrift zu laufen und dir ihre Liebe zu erklären?«

Ich musste an Micki denken, aber das ging schnell wieder weg. »Du würdest erst mal ziemlich aus dem Konzept kommen, oder? Tja, das muss dem Ministerpräsidenten so ähnlich gegangen sein, und dem Papst auch.«

Das musste ich gleich Eloise durchtelefonieren. Aber erst mal war noch etwas anderes zu erledigen. Ich zog den kleinen Holzkasten aus meiner Hose hervor. Dann erzählte ich ihnen, wo ich das Kästchen gefunden hatte und dass Benito es im Museum versteckt haben musste.

Die Brüder sahen sich erstaunt an. Dann kramten sie aus ihrem Beutel eine Tüte Pommes frites hervor. »Moment, das war's nicht«, sagte Giovanni, grabbelte etwas unruhig weiter und stellte dann mit zufriedenem Gesichtsausdruck einen kleinen braunen Kasten auf den Tisch. Es war der gleiche wie meiner.

»Hier. Den haben wir heute Nacht beim Elefanten gefunden.«

»Im Zoo?«

»Nein. Beim Elefanten vom Minerva-Platz. Kennst du den nicht?«

Doch, den kannte ich. Papa hatte mich gefühlte dreiundfünfzig Mal dorthin geführt. Das war ein weißer Elefant mit einem runzligen Po, der lustigerweise einen Obelisken auf dem Rücken balancierte. Natürlich aus Stein. Und natürlich auch von diesem Bernini gemacht.

»Der Kasten war hinter dem Rüssel versteckt. Wir hatten gehofft, dass Pralinen drin sind, aber er summte ein bisschen, da wussten wir ...«

»Da wussten wir, das sind keine Pralinen«, ergänzte sein Bruder.

Die beiden Kästchen waren zugeschraubt, sogar mit Spezialschrauben, für die man einen Spezialschraubenzieher braucht.

»Wir haben ja schon vieles gefunden, aber so etwas noch nie. Es ist kein Handy und kein Radio und ...«

»... keine Pralinenkiste«, tönte es aus dem Bart des Bruders.

»Genau. Am besten, du bringst sie zu dem verrückten Erfinderpriester, von dem du erzählt hast. Vielleicht hat der sie ja selbst gebaut.«

Beim Abendbrot erzählte Mama von dem Buch, das sie gerade las, und dass es ein Verbrechen wäre, Tiere zu essen. »Ich kaufe jedenfalls kein totes Tier mehr«, erklärte sie kauend und versprach mit hochgehaltener Gabel, dass dies jetzt ihr letztes Hühnchenrisotto gewesen ist.

»Aber anders essen reicht nicht«, sagte Papa. »Das merkt ja keiner.«

»Die Hühner schon«, sagte ich.

»Gut, aber man muss noch mehr tun. Ein Zeichen setzen, damit möglichst viele anfangen, drüber nachzudenken, ob Tiere nur geboren werden dürfen, damit sie für uns geschlachtet werden.«

»Papa ... Willst du dich vielleicht als Küken verkleiden und Flugblätter verteilen? Tu mir das bitte nicht an.«

»Nein. Aber es gibt andere Wege.« Dann fantasierte Papa von Aktionen, die Aufsehen erregen würden, von Botschaften und einer allgemeinen Erklärung der Tierrechte. Dazu fuchtelte er mit der Gabel über den Nudeln herum, bis er endlich die Wasserflasche umgekippt hatte. So kannte ich Papa gar nicht. Nur das Fuchteln kam mir bekannt vor.

Da klingelte das Telefon. Ich rannte rüber, weil das nur Eloise sein konnte.

War sie aber nicht. Es sei denn, sie hätte sich zwischenzeitlich in einen Mann verwandelt und würde sich aufgeregt mit »Hier Prälat Dienstbier« melden.

»Es ist etwas Furchtbares geschehen.«

13. Kapitel

Ein Löwe beichtet ein Geheimnis

Der arme Prälat Dienstbier war völlig aus dem Häuschen gewesen. Ich hatte nicht alles von dem verstanden, was er durchs Telefon geflüstert hatte. Anscheinend wurde ihm eine Botschaft unter der Tür durchgeschoben. Ein Briefumschlag mit einem Foto seines verschwundenen Poimnographen. Dazu die Warnung, er solle sich nicht in Dinge einmischen, die zu hoch für ihn seien. »Lassen Sie die Finger von den Vögeln. Das ist besser für alle Seiten. Es wird der Zeitpunkt kommen, wo Sie verstehen werden. Und danke für den Apparat.« Ohne Absender natürlich.

Jetzt war es noch früh am Morgen. Die Straßenfeger schabten ihre Reisigbesen über die grauen Steine des Petersplatzes. Denn genau da standen wir. Man hörte nur das Rauschen der beiden Brunnen und die Schreie der Möwen hoch über der Kuppel. »Wir treffen uns Punkt sieben Uhr bei den Löwen im Petersdom«, hatte Dienstbier gesagt. »Ja, bei den Löwen. Es gibt nur zwei. Ihr werdet sie gleich sehen.« Er wollte uns auf keinen Fall bei sich zu Hause treffen. Und weil er ungern den Vatikan verließ und Angst vor Leuten hatte, musste es eben der Petersdom sein. »Um sieben Uhr ist es da noch ganz leer.«

»Tut mir leid, dass ich im Zoo gelacht habe«, entschuldigte sich Eloise. »Es war eigentlich kein Lachen. Mehr so ein Mit-Lachen, aus Peinlichkeit oder so.«

»Schon gut.« Hinter uns krochen ein paar Obdachlose aus den Pappkartons, in denen sie die Nacht verbracht hatten. Am Kiosk wurden gerade die neuesten Schlagzeilen ausgehängt.

»Gott ist ewige Liebe« war die neueste Nachricht des »Vatikanischen Beobachters«.

Ich konnte mir spannendere Nachrichten vorstellen.

»Ha-a-leh-luu-ja ...« Aber das waren nicht die Obdachlosen, die da sangen. Vor dem verschlossenen Gitter des Doms stand eine Besuchergruppe und sang ihre Kirchenlieder. Ein nach Rasierwasser riechender Priester sang am lautesten. Hinter ihm stand eine hagere Klosterschwester in Sandalen und mit Rucksack.

»Pssst, Elo. Sag jetzt bitte nichts.«

Dann schlugen die Glocken hoch über uns sieben Mal. Wir drängelten uns an den Halleluja-Boys vorbei und gingen in den Petersdom. Zweifellos eine Kirche. Komplett aus Marmor und mit vielen Engeln. Aber diese Kirche war so gewaltig groß, als hätte sie jemand bis zum Platzen aufgepustet.

»Ich hab's dir gesagt. Das ist ideal zum Inlineskaten«, flüsterte Eloise. Der Satz hätte ihrem Vater, dem Kommandanten, bestimmt nicht gefallen, aber trotzdem stimmte er. Die Marmorböden waren glatt und bunt, und die Decke darüber war kaum zu sehen, so hoch hing sie über uns und so diesig war das Morgenlicht.

Gleich rechts von uns hielt eine gespenstisch graue Frau einen halb nackten Mann auf ihren Schenkeln. Zum Glück waren beide nur aus Stein. Zwei kleine kompakte Putzmaschinen kreisten über den Marmorboden. Auf ihnen hockten, wie verschlafene Kutscher, zwei Angestellte der Domverwaltung.

»Okay, alles klar. Deswegen hat er uns hierherbestellt«, sagte Eloise, und ihre Stimme hallte von einer Ecke des Doms zur anderen. Es war, als würde Gott persönlich eine Botschaft abgeben.

»Psssst, nicht so laut, du Wahnsinnige«, sagte ich leise und hatte dabei schon das Gefühl, jeder würde mir zuhören. Eloise zeigte auf die Säulen. An jeder einzelnen war ein Vogel aus Marmor angebracht, jeder so groß wie ein Pudel und mit einem Zweig im Schnabel.

»Die perfekte Kirche für Vogelfreunde, oder?«, flötete Eloise mir ins Ohr.

»Und das ist noch gar nichts. Schau mal da hin.« Das

Morgenlicht drang hinter uns durch die geöffneten Kirchentüren, und weil die Sonne noch so tief stand, fiel es genau auf die Vorderseite des Doms, hinter den Altar. Und da flatterte wieder ein weißer Vogel, umgeben von einem apfelsinenfarbenen Oval, das aussah wie eine Atomexplosion. Die Sonne ließ den Vogel leuchten, als wäre ein Suchscheinwerfer auf ihn gerichtet. Ich schaute mich um, aber ich sah keine Löwen. Nur dicke herumflatternde Babyengel, Denkmäler für alte Männer und den Altar, dessen Dach von Kringelsäulen getragen wurde. Und darüber – das durfte nicht wahr sein:

»Elo, lies mal.«

»POIMA« stand da im goldenen Rand der Kuppel, in riesigen Buchstaben aus Marmor. Das klang ziemlich wie der Poimnograph, die Wundermaschine des Prälaten.

»Mann, wo sind bloß die Löwen? Wir haben nicht endlos Zeit.«

Um halb neun würde der Schulbus auf uns warten. Wir rannten wieder zurück in Richtung Eingang. Weil die Sonne so blendete, musste ich den Kopf zur Seite drehen, und da sah ich die Löwen. Zwei Riesenexemplare, ziemlich müde und glücklicherweise aus Stein.

»Psst, hierher«, flüsterte der rechte Löwe. Mir blieb fast das Herz stehen. Ich spürte Eloises Hand in meiner. Sie war kalt.

»Smilla, das ist zu viel für mich. Komm, wir gehen lieber.«

»Pssst, HIERher«, wisperte der Löwe. »Genau vor euch.«

Am Schwanzende des Löwen stand eine Art Schrank aus dunklem Holz. Es war ein Beichtstuhl, und genau da sahen wir jetzt den alten Prälaten Dienstbier, mit aufgerissenen kleinen Augen und einer Gesichtsfarbe, die den gleichen Teint hatte wie die Marmorfrau am Eingang. Es stand schlimm um ihn.

»Gott sei Dank seid ihr gekommen«, wisperte er ganz außer Atem.

»War nicht einfach«, sagte Eloise. Aber Dienstbier wollte gar nicht wissen, mit welchen Ausreden wir unseren Eltern klargemacht hatten, warum wir unbedingt noch vor der Schule eine Kerze im Petersdom anzünden mussten. Ich hätte uns jedenfalls kein Wort geglaubt. Er winkte uns zu sich heran. Wir sollten uns in den Beichtstuhl setzen und den Vorhang hinter uns zuziehen. Sonst sitzen hier Leute und erzählen dem Priester durch ein Gitter von den bösen Dingen, an die sie so denken. Oder die sie machen. Ich hatte nur einmal zum Spaß in solch einem Kasten gesessen. Jetzt sah ich durch das Holzgitter den Kopf von Dienstbier.

»Ich muss mich bei euch entschuldigen«, fing der Prälat an zu reden, »ich habe euch nicht die Wahrheit gesagt.«

»Sie haben uns angelogen?«

»Elo!« Sie war wirklich unmöglich, meine beste Freundin.

»Nein«, Dienstbier schüttelte trübselig sein kahles Haupt. »Ich habe euch nur nicht die ganze Wahrheit gesagt. Das ist nicht Lügen, aber es macht die Sache auch nicht besser. Also …« Er schaute noch einmal ängstlich aus dem Beichtstuhl heraus, aber da waren nur die beiden Typen auf ihren Putzmaschinen. Die Halleluja-Gruppe war in irgendeiner Seitenkapelle verschwunden und die Löwen schliefen.

Dienstbier erzählte von einem Geheimnis, das selbst im Vatikan kaum jemand kannte. Eine Art Staatsgeheimnis. »Ihr müsst wissen, dass der Papst damals, als er gewählt wurde, eigentlich gar nicht Papst werden wollte. Er hatte sich so auf seinen Ruhestand gefreut. Er wollte nur noch eines: endlich seine Modelleisenbahn aufbauen.«

Ich schaute im Halbdunkel zu Eloise hinüber. Ich wusste, dass Leuten immer viel zu spät einfällt, was sie eigentlich werden wollen. Aber dass ein Papst seinen Beruf verfehlt haben könnte, war mir neu.

»Der Arme«, fuhr Dienstbier fort. »Er hatte sich in den letzten Monaten vor der Papstwahl alle Bücher über Spurenbreiten, Trag-Isolatoren, Weichenanlagen zukommen lassen und gelesen. Er hatte sich sogar eine Schaffnermütze bestellt und zog sie probeweise schon mal an, wenn er nicht beten musste. Natürlich kannte er alle Elektrolokmodelle und Tenderwagen, wusste genauestens Bescheid über Dreilicht-Spitzensignale und was weiß ich nicht noch alles. Es ist eben immer sein Traum gewesen, seine eigene Welt. Und natürlich hatte er auch schon einen großen Keller gemietet, weit weg von Rom, in der Nähe eines Güterbahnhofs. So lange hatte er gespart und gewartet. Alles war vorbereitet. Doch dann ist diese Papstwahl dazwischengekommen und ausgerechnet der Modelleisenbahner bekam die meisten Stimmen. Es war nicht nur für ihn eine Katastrophe, wisst ihr. Da saß der arme Mann nun plötzlich auf dem Papststuhl, alle starrten ihn an und wollen seither wissen, wo es langgeht. Dann wurde der neue Papst immer trauriger. Er konnte einfach keinen rechten Spaß an der neuen Arbeit finden. Im Gegenteil. Das ständige Predigen und Weihen ging ihm zunehmend auf die Nerven. Er zweifelte an dem Sinn des Ganzen. Er wollte lieber seine Gleise bauen und die Schaffnermütze tragen statt des schweren golddurchwebten Papstgewands mit der weißen Kappe. Bei seinen Staatsbesuchen besteht er darauf, zuerst die Bahnhöfe zu besuchen. Das hat schon für Erstaunen gesorgt. Nur wenn er den Geruch von Schmieröl in der Nase hat, wirkt er glücklich, doch sonst …«

Dienstbier seufzte so laut, dass er garantiert die Löwen aufgeweckt hätte, wenn sie nicht aus Stein gewesen wären. »Nur die engsten Mitarbeiter und die höchsten Kardinäle wissen von dem Geheimnis. Ihr könnt euch vorstellen, dass niemand im Vatikan darüber reden darf. Es ist nicht auszudenken, was passieren würde, wenn das Geheimnis herauskommen würde.«

»Wieso? Er kann doch einfach alles hinschmeißen, oder nicht?«

»Wenn das so einfach ginge. Nein, ein Papst tritt nicht zurück. Außer, wenn er schwer krank ist, und selbst dann meistens nicht. Ein Papst zweifelt nicht, ein Papst bastelt nicht an Modellwaggons herum, ein Papst …«

Eloise und ich hätten in diesem Moment den Satz am liebsten mit »… pupst nicht« beendet, aber wir trauten uns nicht.

»… tut nur seine Pflicht«, fuhr stattdessen Dienstbier fort.

Ich schaute heimlich auf die Uhr. Wir mussten dringend zum Schulbus. Ich stupste Eloise an, aber die saß ganz aufrecht und starrte durch das Gitter auf den Prälaten dahinter.

»Jetzt verstehe ich, weshalb Sie sich solche Sorgen machen«, sagte Eloise.

»Sorgen? Gutes Kind, das ist schon kalte Panik …«

»Sie haben Angst, dass der Papst sein privates Geheimnis einfach ausplaudert, wenn er zufällig unsere Starenschwärme sieht?«

Dienstbier hob seine Arme hoch und ließ sie wieder fallen: »So ist es. Es wäre eine Katastrophe. Der ganze Vatikan wäre blamiert, die ganze Kirche, die ganze Christenheit. Und ich, der arme Prälat Dienstbier, ich bin schuld an dem Ganzen.«

Ich sagte, dass wir jetzt wirklich dringend losmüssten. Schulbusse warten nicht.

14. Kapitel

Das Leben ist kein Mädchenkrimi. Aber trotzdem taucht jetzt ein Drachen auf

»Erzähl noch mal, was diese Kühe machen.«

Es war der Nachmittag danach und wir hatten frei. Eloise und ich lagen auf dem hellen Steinpflaster des Kapitols und schauten in die Pinien über uns. Ringsum rauschte die Stadt, die Motorroller knatterten, neben uns telefonierte jemand, als würde er auf einer Theaterbühne stehen, und es waren nur noch zehn Tage bis zu den Ferien.

»Kühe fressen Gras, und deswegen müssen sie ein Gas auspupsen, sonst platzen sie. Und weil alle Leute immer Hamburger essen und Steaks, gibt es so viele pupsende Kühe auf der Welt, dass es immer wärmer wird.«

»Iiihhh, du bist ekelhaft.«

»Nein, nicht, wie du denkst. Das Pupsgas ist schlecht für die Atmosphäre, so wie Autoabgase. Jedenfalls isst Mama jetzt kein Fleisch mehr und wir müssen mitmachen.«

Eloise fand es eigentlich auch nicht gut, Tiere zu essen, aber dummerweise war sie genauso verrückt nach Bratwürstchen wie ich. Und was soll man aufs Pausenbrot legen, wenn es keine Mortadella mehr gibt?

»Ich liebe Fleisch. Tut mir leid, Atmosphäre. Musst du eben schwitzen. Sollen wir die ganzen Kühe etwa umbringen, nur weil sie pupsen?«

»Macht der Papst ja schließlich auch.«

Ich drehte mich um und bohrte mit einer Piniennadel in den Muschelrillen im Stein. »Was macht ihr eigentlich in den Ferien?«, fragte ich.

»Einmal ins Wallis. Immer ins Wallis.«

»Was ist Wallis?«

»Wallis ist Wallis. Alles voller Berge und Tanten, die einen am Kinn streicheln und nach Spucke riechen. Smilla?«

»Ja?«

»Wir werden später nie Tanten, oder?«

»Niemals.«

Dann fingen wir an, Pinienzapfen auf den Kanaldeckel vor uns zu werfen.

SPQR stand auf dem Deckel. Wie auf allen Kanaldeckeln in Rom. Das war die Abkürzung für »Senatus Populusque Romanus – Der Senat und das Volk von Rom«. SPQR stand auch an vielen Gebäuden und richtige Römer wie Totti, der Fußballer, haben sich die vier Buchstaben sogar auf den Unterarm tätowiert.

»SPQR«, sagte ich. »Seite Punkt Quadrat Rechteck.«

»Mann, hör auf mit Mathe. Smillas Papa quatscht Rhabarber«, sagte Eloise. Das war eines unserer Lieblingsspiele.

»Stimmt zwar, ist aber trotzdem eine Unverschämtheit.«

»Du bist dran.«

Ich dachte nach. Aber mir fiel nichts Richtiges ein. »Sindbad pinselt Quallen rosa. Na ja ...«

»Ich weiß was. Passt zu unserem Papst: Seine Pupse quietschen richtig.«

»Hihi. Nicht schlecht.« Ich kicherte. Dann kicherte ich nicht mehr: »Sag mal, was hast du gerade gesagt?«

»Seine Pupse ...«

»Nein, das mit den Seiten, vom Rechteck und so.« Mir wurde ein wenig heiß. Ich hatte eine Idee. Vielleicht war das Leben ja doch mehr, als man denkt. »Hast du was zu schreiben dabei?«, fragte ich Eloise.

Ich breitete Eloises Stadtplan auf dem heißen Steinboden aus und fing an, nach Straßen zu suchen. An allen Orten, wo der Schwarm aufgetaucht war, machte ich ein Kreuz: die Brücke überm Tiberfluss, unser Haus in der Via Germanico, die Dachstube des Prälaten im Vatikan, der Petersdom, der Platz, wo der Ministerpräsident geredet hatte, und das Gebäude der Schweizer Schule in der Via Marcello Malpighi. Aber schlauer wurde ich aus dem Plan trotzdem nicht. »Und nun?«, fragte Elo. »Das sind nur Punkte. Keine Spuren von gar nichts. Und das Stadion hast du auch vergessen.«

Sie drehte den Plan zu sich herum und zeichnete eine Linie vom Petersdom zur Brücke. Unser Haus lag genau darauf. Und die Linie führte weiter bis zum – »Zum Zoo von Rom. Das gibt's doch nicht.« Ich grapschte ihr den Stift wieder weg und krakelte eine zweite Linie vom Vatikan zum Venezia-Platz. Der Strich kreuzte komischerweise auch den Minerva-Platz, wo der weiße Elefant mit dem Obelisken steht und wo die Fratelli-Brüder das Kästchen gefunden hatten. Jetzt war auf dem Plan eine geöffnete Schere zu sehen. Oder ein geöffneter Schnabel. Und genau in der Mitte vor den beiden Linien lag das Kreuz von der Schweizer Schule. Wie eine Mücke vor dem Schnabel. Aber das brachte uns auch nicht weiter. »Das ist kein Vogel, das ist kein Flugzeug, das ist nicht Superman, das ist gar nichts«, sagte ich enttäuscht.

Eloise malte mit einer Piniennadel Linien auf den Plan und dachte laut nach. »Ein Drachen fliegt. Oder nicht?«

»Eloooo ...«, sagte ich etwas genervt. »Spinnst du jetzt oder ist es nur die Sonne?«

»Er fliegt und lässt sich lenken. Wie unsere Stare.«

Ich verstand nur Bahnhof und regte mich über Eloise auf: »Komm, hör auf, mit Drachen zu nerven. Wir sind hier nicht in der Märchenstunde.«

»Mathe, nicht Märchen. Schau dir das hier mal an«, sagte Eloise und zog eine Linie vom Zoo zur Schule und von der Schule weiter nach unten. Auf dem Stadtplan war jetzt ein Viereck zu sehen. »Ein Drachen-Viereck.«

ROM
DIE EWIGE STADT
VILLA BORGHESE
10
19
CORSO D'ITALIA
VIALE DEL POLICLINICO
VIALE PRETORIANO
6
VIA GERMANICO
VATIKAN
PETERSDOM
1
2
VIA CRESCENZIO
3
UMBERTO BRÜCKE
VIA DEL CORSO
VIA NAZIONALE
16
HAUPTBAHNHOF
8
MINERVA PLATZ
5
VENEZIA PLATZ
VIA DELLA LUNGARA
MAZZINI BRÜCKE
VIA DELLE FORNACI
BOTANISCHER GARTEN
TIBER
12
13 FORUM ROMANUM
15
PARK COLLE OPPIO

Alles, was wir bisher erlebt hatten, lag auf den Linien dieses Drachens. Das konnte kein Zufall sein. Da saß irgendwo in dieser Stadt jemand und hatte sich einen Plan ausgedacht. Aber wer war das? Und was hatte er vor? Warum machte sich jemand so viel Mühe, um an ausgewählten Orten für Chaos und Unordnung zu sorgen?

»Vielleicht ein Irrer?«, sagte Eloise.

»Dafür ist der Plan zu gut.«

»Oder ein Böser. So wie Lord Voldemort?«

»Das wäre schlecht.«

Es wurde immer verrückter. Jetzt hatten wir nicht nur Meerschweinchen und durchgedrehte Vögel in unserem Abenteuer, sondern auch noch einen echten Drachen. Ich beschloss, die ganze Geschichte später mal aufzuschreiben, auch wenn mir das dann bestimmt niemand glauben würde.

»Sag mal, Smilla? Wo steht eigentlich der Elefant mit dem Obelisken? Wie heißt der Platz noch mal?«

»Minerva. Davon hat Mama mir oft genug erzählt.«

Eloise fuhr mit dem Finger auf dem Stadtplan herum, als wäre da ein Elefant eingezeichnet. Dann bremste ihr Finger, ungefähr fünf Zentimeter vom Pantheon entfernt: »Mi-nerva. Da ist der Platz. Genau vor einer Kirche. Und fällt Ihnen was auf, Fräulein S.?«

Mein Herz schlug jetzt knapp unter meinem Unterkiefer. So fühlt sich bestimmt Herzinfarkt an. Aber mit fast elf bekommt man den zum Glück noch nicht. Der Elefant stand ziemlich genau auf der Drachen-Linie vom Vatikan zum Venezia-Platz. Das war eigentlich nicht zu glauben.

»Moment mal«, sagte ich und zog die Karte wieder zu mir herüber. Die Linie zwischen Zoo und Schule kreuzte noch einen Ort, dessen Name jetzt etwas zugemalt war: »Galleria Borghese. Da waren wir gestern. Meine Eltern und ich. Und Benito.«

»Wieso BENITO?« Eloise fasste es nicht. Ich hätte auch sagen können, dass wir mit Angela Merkel zum Eisessen gewesen waren.

Aber Benito war nun wirklich Nebensache. »Eloise«, sagte ich und hielt die Hand hin zum High five. »Weißt du was? Wir sind ziemlich super.«

Sie dachte kurz nach und sagte dann: »Super Paar quiekt: Rätsellösung!«

Blöderweise gab es kein Lineal weit und breit, sonst hätten wir die Linien genauer einzeichnen können. Die Eisstiele, die herumlagen, waren zu kurz und die Äste zu krumm. Also faltete ich den Plan genau in der Mitte des Drachens und pikte mit einem Stöckchen auf die obere Kante (»Zoo«). Dann klappten wir den Plan wieder auseinander und hatten somit die untere Kante des Drachens gefunden. Eine Pik-Delle, unter der noch zu lesen war: »Forum Romanum«.

Das war gut. Das war sogar sehr gut. Denn vom Forum Romanum waren wir in diesem Moment etwa hundert Meter entfernt.

15. Kapitel

Manchmal muss man genau in die Mitte gehen,
um etwas zu sehen

Das Forum Romanum war früher so etwas wie der Mittelpunkt der Welt. Das Regierungsviertel der alten Römer. Alle Straßenentfernungen wurden vom Forum Romanum aus gezählt. Jetzt war es eine Stolperlandschaft mit ganzen Hügeln aus abgegriffenem Ziegelstein und herumliegenden Säulenteilen. Mittendrin ragten zwei Säulen wie weiße Schornsteine hoch, daneben drei andere, auf denen Steinblöcke balancierten, als hätte ein Riese mit Lego gespielt. Überall standen Pinienbäume mit ihren breiten Schirmen und überall lagen Katzen im Schatten der Ruinen. Das Forum war wie eine geheimnisvolle Insel, mit Botschaften, die in die Steine gehauen waren, und mit Zeichen, die vor tausend Jahren mal etwas bedeutet haben. Es lag viel tiefer als der Rest der Stadt und wir mussten eine Treppe heruntersteigen. Vielleicht ist es abgesunken oder vielleicht haben die neuen Römer immer nur auf den Ruinen der alten Römer gebaut.

»Und wo fangen wir an?« Ich hatte echt keine Ahnung. Wenn unsere Idee stimmte, dann musste die nächste Schwarmaktion irgendwo hier stattfinden. Wir sahen auf der Tafel am Eingang nach, was hier alles so herumstand.

»Lapis Niger, Via Sacra, Romulus-Tempel, Severus-Bogen, Titus-Bogen, Eloise-Bogen – nein, den noch nicht –, Kurie, Comitium«, las Eloise vor. Um uns herum standen ganze Scharen von schwitzenden Touristen und hielten ihre Fotoapparate vor sich. Etwas weiter an der Straße standen zwei Lastwagen, aus denen Männer Kisten herunterzogen. Es war verdammt heiß und die Luft roch nach Pinienharz und Sonnencreme.

»Was ist Lapis Niger?«, fragte ich.

»Der schwarze Stein. Huhuhu! Schauder. Klingt jetzt total nach Mädchenkrimi, oder? ›Die zwei ?? und das Geheimnis des schwarzen Steines‹. Wir sollten da mal hingehen.«

Ich wusste auch nichts Besseres. Wir liefen über ausgetretene Steine das Forum entlang und suchten nach dem Lapis Niger. Eine Schwachsinnsidee, aber irgendetwas mussten wir ja tun. Nach Hause gehen konnten wir immer noch.

Der schwarze Stein war weg. Wir standen an einem speckigen Eisengeländer und sahen nur ein paar antike Gehwegplatten, aus deren Mitte schon das Gras wuchs. Kein schwarzer Stein, keine Inschrift, gar nichts. Totale Pleite.

»Komm, wir gehen«, sagte ich.

»Smill, wir können jetzt nicht aufgeben. Vergiss die allererste Regel nicht: Wenn nichts da ist, heißt das nur, dass wir nicht genau gesucht haben.«

»Was ist das für eine Regel?«

»Habe ich neulich im Fernsehen gehört. Mein Vater sagt auch immer solche Sachen und der ist …«

»… bei der Schweizergarde. Ich weiß.«

Eloise nervte. Sie wollte einfach weiterspielen, dass wir mitten in einer spannenden Schatzsuchergeschichte steckten und überall ein Hinweis versteckt sein konnte. Mir war heiß. Ich setzte mich auf einen Stein, der aus dem Boden ragte.

»Wir müssen nur ganz biologisch vorgehen. Ein Zeichen ist ein Bild oder ein Buchstabe. Also, wo sind hier Bilder?«

Ich tat ihr den Gefallen und drehte mich wie ein Kameramann einmal in alle Richtungen. Steine, Brocken, Krümel, Staub, Quader, Trümmer.

»Da!«, sagte Eloise und zeigte auf den Triumphbogen genau hinter uns. »Bilder und Buchstaben! Das ist es.«

Ich hielt die Hand gegen die Sonne und versuchte zu erkennen, was da oben an den beiden Seiten eingemeißelt war. Aber ich sah nur halb abgebröckelte Männchen, die irgendwelche Sachen wegschleppten. Einen Pferdekarren, Speere und viele Uniformen. Große Frauen mit Flügeln, aber keine Vögel. Vielleicht waren wir auf der falschen Spur. Eloise hatte angefangen, die Buchstaben abzumalen, aber die waren eigentlich genauso unleserlich und ohne Punkt und Komma geschrieben. »PONTIFICMAXIMOTRINVNI« und so weiter. Außerdem war mitten in den Buchstaben ein Fenster eingehauen worden. Ich konnte nur CAESAR erkennen und natürlich SPQR, aber das brachte uns keinen Schritt weiter.

Es war schon später Nachmittag und die meisten Touristen waren wieder in ihren Bussen verschwunden. Wir gingen durch die Ruinen in Richtung Kolosseum. Eloise setzte sich auf die Stufen von einem Tempel und holte ihre Scoobidoo-Bänder heraus. Das war irgendwann einmal Mode gewesen bei uns in der Klasse. Aber Eloise macht Moden immer erst mit, wenn sie längst vorbei sind. Man muss zwei bunte Schnüre so verknoten, dass sie am Schluss ein Muster ergeben und man ein Freundschaftsarmband daraus machen kann. Wir hatten jede schon drei Armbänder um.

»Salve«, sagte da plötzlich jemand hinter uns. »Quid novi?«

Ich drehte mich um und sah einen Typen im Faltenröckchen und Sandalen aus Lederschnüren, die seine Waden hochgebunden waren. Der Mann trug außerdem einen blitzenden Metalloberkörper, auf dem man seine Muskeln sehen konnte, und auf dem Kopf einen Helm mit roten Federn drauf. Der Typ war mir unheimlich und ich versuchte,

Eloise fortzuziehen. Aber die hatte ihm schon sein Schwert abgenommen und fuchtelte jetzt damit in der Luft herum. Der komische Mann lachte und tat so, als würde er sich ergeben. »Vae victis!«, jammerte er ziemlich übertrieben und war eigentlich doch nicht so unheimlich. Er hatte eine sehr lange Nase, lustige Augen und viele wirre Haare, die unter dem Helm hervorschauten. Eloise drehte ihren Daumen nach oben, wie sie es im Asterix gesehen hatte, und ließ den Mann am Leben. »Danke, Mädchen«, sagte er, und dass wir ihn Julia nennen sollten, weil er so hieß.

»Nicht gerade der klassische Männername, oder?«, fragte Eloise.

»Das ist mein Nachname. Mit Vornamen heiße ich Corrado, aber ich möchte, dass ihr Julia zu mir sagt, okay?«

Julia verdiente sich sein Geld damit, als Gladiator verkleidet auf dem Forum herumzulaufen und sich mit Touristen fotografieren zu lassen. »Das ist ein harter Beruf, wisst ihr«, sagte er und machte vor, wie er auf Kommando grimmig aussehen konnte. »Jeden Tag musst du zigtausendmal Kinder auf den Knien schaukeln, dir von quiekenden Frauen den Arm umlegen lassen oder so tun, als würdest du sie mit dem Schwert durchbohren. Manchmal sind Erwachsene dermaßen kindisch. Klick, klick, klick, und immer gute Miene zum doofen Spiel. Alles für ein paar lumpige Euro. Ich hasse es, ICH HASSE ES! So weit ist es mit Rom also gekommen. O tempora, o mores«, seufzte Julia.

»Wie bitte?«

»Gut, was? Habe ich auswendig gelernt. Es heißt so viel wie: Die Welt wird immer schlechter. Oder so ähnlich. Passt auf jeden Fall bei jeder Gelegenheit.«

Als wir ihn dann nach dem schwarzen Stein fragten, nahm er sofort Haltung an, reckte den Arm nach oben wie eine Statue und fing an, wie ein Schauspieler zu reden: »Laut unserer Überlieferung, ihr Mädchen, ist dies der düstere Ort, wo Romulus – ihr wisst schon, der Gründer Roms – von den Senatoren ermordet wurde. Warum? Weil er ihnen zu mächtig geworden war und nichts von der Macht abgeben wollte. Doch höret weiter«, Julia war wohl der Arm schwer geworden, jedenfalls wechselte er die Position und zeigte uns seinen anderen Schwitzfleck unter der Achsel, »einst entdeckte man unter dem Stein ein versunkenes Heiligtum, den Tempel des Vulkanus.« Er hustete, wischte sich den Schweiß von der Stirn und setzte sich wieder zu uns. Wir waren jetzt ein wenig schlauer, aber immer noch keinen Schritt weiter. Was hatte dieser Romulus mit Vögeln zu tun?

»Tanti est pericula subire«, sagte Julia feierlich.

»Welche Tante?«

»Es ist der Mühe wert, die Gefahren auf sich zu nehmen. Das ist der zweite Satz, den ich auf Latein auswendig kann. Der passt auch immer, findet ihr nicht? Beeindruckt die Touristen jedenfalls.« Julia nahm seinen Helm ab, wischte sich erneut den Schweiß weg und fragte: »Und was macht ihr beiden hier zwischen den Steintrümmern?« Wir erzählten ihm von unseren Beobachtungen. Das war ja schließlich kein Geheimnis. Wir berichteten von den Figuren am Himmel, dem pupsenden Papst und dem Ministerpräsidenten, die alle Dinge taten, die sie sonst eigentlich nicht tun.

»Nach unserem Plan müsste der nächste Vorfall irgendwo hier auf dem Forum passieren. Aber Eloise und ich haben alles abgesucht. Sogar die Buchstaben auf dem kaputten Bogen haben wir abgeschrieben.«

Der Gladiator ging ein paar Schritte zur Seite und wandte sich von uns ab. Er atmete tief durch. Dann drehte er sich wieder zu uns um, sah abwechselnd Eloise und mich an und sagte: »Ich glaube, ihr wisst gar nicht, in was ihr hier hineingeraten seid.« Schauspielerte er jetzt wieder oder meinte er das ernst? »Und ihr könnt auch nicht wissen, wer ich eigentlich bin.« Er wartete unsere Reaktion gar nicht erst ab, sondern erklärte gleich ganz feierlich: »Vor euch steht der letzte Römer.« Dann schaute er uns an, als sollten wir jetzt in Jubelrufe ausbrechen oder kreischend nach einem Autogramm fragen. »Das glaubt ihr mir jetzt nicht. Mein Urururzwanzigmalurgroßvater war nämlich kein anderer als …« Er zeigte mit seinem Schwert auf das Dach des Bogens, aber ich konnte nichts erkennen. »Caesar! Gaius Julius Caesar. Deswegen auch der Nachname, ihr versteht. Leider bin ich der einzige Sohn meiner armen Eltern und habe selbst keine Kinder bekommen. Also bin ich, Corrado Julia, der letzte wahre alte Römer. Civis Romanus sum!«

Was auch immer das heißen sollte. Julia schien einen Sonnenstich zu haben. Es war wohl besser, jetzt nach Hause zu gehen. Ich zog Eloise wieder am Arm und wollte gerade sagen, dass wir jetzt dringend zum Bus müssten. Aber da stand der letzte Römer schon auf einem Säulenrest, beugte sich zu uns herunter und flüsterte: »Den Vögeln verdanken wir Rom. Ohne die Starenwolken hätte es diese Stadt nie gegeben. Und wenn jetzt wieder Starenwolken auftauchen und Zeichen setzen, dann ...« Er richtete sich auf und schaute dorthin, wo die Sonne jetzt unterging. »... dann gnade uns Gott.«

»Komm, Eloise, wir verschwinden besser.«

»Moment noch. Julia? Woher wissen wir denn, dass du uns nicht Märchen erzählst? Warum sollen wir dir glauben? Nur weil du einen Blechhelm aufhast?«

»Unsinn, weil ich mich daran erinnere. Es war im Jahr 753. Genau hier an dieser Stelle. Aber natürlich braucht ihr mir nicht zu glauben. Tut mir nur einen Gefallen: Erzählt niemandem, dass es auf dem Forum, der Mitte der Welt, noch einen echten alten Römer gibt. Die Touristen würden völlig durchdrehen beim Fotografieren. Oder mich vor Begeisterung erdrücken und ausgestopft ins Museum stellen. Hihi! Saluto puellas et vado retro.«

16. Kapitel

Wie es Rom beinahe
nicht gegeben hätte und was es mit den
braunen Kästen wirklich auf sich hat

Das Gute an der Schweizergarde ist, dass sie ständig mit Delikatessen bombardiert wird. Jedes Mal, wenn der Papst von irgendeiner frommen Oma eine Torte geschenkt bekommt, reicht er sie gleich weiter an die Schweizergardisten. Genauso ist es mit Würstchen, Champagner, Schokohasen und Weinkisten. Leider schenkt niemand dem Papst Gummibärchen.

Wir aßen Nutellabrote im Arbeitszimmer von Eloises Vater und googelten »Forum Romanum«. Wir landeten bei Wikipedia. »Mmmpfffah« oder so ähnlich sagte Eloise mit vollem Mund, ließ ein paar Krümel auf den Schreibtisch fallen und tippte mit ihrem Schokoladenfinger auf den Bildschirm. »Da! Das ist der Beweis.« Unter dem Nutellaschmierfilm konnte ich mühsam noch das Wort »Vogelschau« erkennen. Eloise versuchte, den Fettfleck so zu verreiben, dass ich zumindest noch das Wichtigste vorlesen konnte. Jetzt sah alles auf dem Bildschirm aus wie die Welt ohne Brille. Aber lesen konnte ich es noch: »*Nach der Gründungslegende Roms führten die Brüder Romulus und Remus zur Entscheidung, wer über Rom herrschen sollte, eine Vogelschau durch, Romulus auf dem Palatin, Remus auf dem Aventin. Da Romulus als Sieger ausgerufen wurde, gilt der Palatin zugleich auch als legendärer Gründungsort der Stadt.*«

»Julia hatte also recht. Das alles hier«, sie streckte die Arme aus und zeigte auf die Bücherregale, die Familienfotos an der Wand, die Nutellabrote, meinte damit aber ganz Rom, »verdanken wir den Staren. Wenn Romulus damals nur einen mageren Hund herumlatschen gesehen hätte, wäre er nie König geworden.«

»Und wer weiß, was Remus dann aus den sieben Hügeln gemacht hätte. Bestimmt keine so schöne Stadt.«

»Bestimmt eine Rennbahn für Ochsengespanne. Oder einen Müllhaufen. Oder gar nichts, weil er lieber wieder Karten gespielt hätte. Komm, lass uns jetzt gehen. Und vergiss den Kasten nicht.«

Wir stiegen die Treppenstufen hinunter, an der Kanone und all den Gardisten mit ihren Spießen vorbei und quer durch den Vatikan zum Palazzo, wo der alte Dienstbier wohnte. Er hatte Himmel und Hölle in Bewegung gesetzt, um Eloise einen Zettel zukommen zu lassen. Er wusste ja, wer ihr Vater war. Der Zettel hatte als Absender irgendein lateinisches Amt, und darauf stand in feiner, etwas zittriger Schrift:

Bitte kommt heute noch in mein ~~Labor~~, Studierzimmer,
um 17 Uhr und seid bitte pünktlich,
Gott zum Gruße, Monsignore Dienstbier, Prälatus.

Diesmal hörten wir keine Stimmen hinter der Tür. Dafür ein sehr trauriges, lang gezogenes Pfeifen, wie von einem gestrandeten Delfin im Fernsehen. (Ich habe nie verstanden, weshalb die Fernsehleute den Delfinen dann nicht helfen, statt ihre Kamera auf sie zu halten, aber das ist jetzt nur so ein Gedanke.) »Ach, Kinder«, sagte der Prälat Dienstbier, der auch ziemlich gestrandet aussah. Seine Haut war grau, sein Priesterkragen auch. Er ging zu einem CD-Spieler und machte das Pfeifen aus. »Das ist der Gesang der Wolken, der Starenwolken natürlich. Ich höre ihn manchmal an, wenn ich nicht mehr weiterweiß. Und glaubt mir, ich weiß nicht mehr weiter. Diese ganze Sache wird langsam zur Tragödie.«

Dienstbier erzählte, dass der Papst beschlossen habe, am Sonntag eine ganz besondere Ansprache zu halten, wie er es nur alle paar Jahre einmal macht. »Der Heilige Vater«, er verneigte sich zu dem Kruzifix über dem CD-Spieler, »will der Welt eine Botschaft zukommen lassen. Er hat die Berichte über Tsunamis, schmelzende Gletscher und aussterbende Königstiger gelesen. Das macht ihm Sorgen.«

»Mir auch«, musste Eloise dazwischenquaken.

»Jaja, gewiss, gewiss. Kurzum: Der Papst wird den Menschen ins Gewissen reden, dass sie sich gefälligst besser um die Schöpfung kümmern, bevor die Meerespegel immer weiter steigen und von Tigern, Nashörnern, Pandabären nur noch ein paar wenige Tiere übrig sind. Das hatten wir nämlich schon mal, wenn ihr euch erinnert.«

»Ist schon ziemlich lange her. Aber was ist so schlimm daran, wenn der Papst über Tiere redet?«

»Nichts. An sich gar nichts. Nur hat er angeordnet, dass sein Auftritt live in alle Länder der Erde übertragen wird. Globalvision! Und weil es um die Natur geht, will er die Rede im Freien halten. Ihr versteht? Und zwar an einem Ort, der noch älter ist als der Vatikan. Genau an der Stelle, wo alles anfing …«

»Dem Forum Romanum«, fuhr es mir durch den Kopf und offenbar auch aus dem Mund.

»Genau dort. Wo Rom gegründet wurde. Am Ara Coelis, dem Altar des Himmels. Wo es immer schon Starenschwärme gegeben hat. Wo es die einfachste Sache der Welt wäre, einen Poimnographen einzusetzen, wenn man etwas Böses im Schilde führt. Und daran …«, er atmete tief durch und wischte sich mit den Händen über das faltige Gesicht,

»… daran besteht nach dieser Botschaft kein Zweifel mehr. Hier, lest.«

Er zog einen mehrfach gefalteten Zettel aus seinem Priesterrock und streckte ihn uns entgegen.

»›Stellen Sie sich dem PLAN nicht in den Weg. Es ist sowieso zu spät. Schauen Sie lieber in den Himmel. Bald wird jeder die Zeichen lesen können. Es gibt kein Zurück mehr. Und nochmals danke für die großzügige Hilfe‹«, las ich vor.

»Den Zettel habe ich wieder unter meiner Tür gefunden. Das macht es ja so unheimlich. Wer auch immer hinter dem Plan steckt, der hat auch Zutritt zum Vatikan. Der muss hier irgendwo sein.«

Mir kam schon wieder ein Gedanke. Das musste mit den Nutellabroten zu tun haben. Schokocreme schmiert das Gehirn. »Aber wer weiß denn, wo der Papst seine Weltrede halten will?«

»Na, noch niemand natürlich, außer dem Papst.«

»Dann ist doch alles paletti. Unser Mister X kann mit den Staren Figuren machen, wie er will, aber er kann von der Papstaktion nichts wissen.«

»Hmm«, machte Dienstbier. »Das wäre natürlich … Das *ist* natürlich wahr! Der Auftritt wird erst am Sonntagmorgen bekannt gegeben, damit nicht zu viele Leute aufs Forum kommen. Sonst gibt es Ärger mit den Archäologen. Wenn unser Unbekannter nicht ein Prälat ist …«

»... oder der Papst höchstpersönlich ...«, funkte Eloise schon wieder dazwischen.

»... wovon ich ausgehen möchte. Dann kann er nichts von dem Ereignis wissen. Gott sei Dank!« Es kehrte wieder ein wenig Farbe in Dienstbiers Gesicht zurück. »Natürlich! Mein Gott, wie blind bin ich gewesen. Kinder, ich danke euch. Kommt jetzt.«

Wir gingen in sein Labor hinüber, setzten uns zwischen die Bildschirme, Computer und Vogelfutterdosen und Eloise erzählte von den Ereignissen der letzten Tage. Dienstbier nickte immer nur, als habe er das alles erwartet. Den Blackout des Oberpolitikers, die Beichte unserer Lieblingslehrerin, den auf dem Fußballplatz herumirrenden Kicker Francesco Totti.

»Natürlich, natürlich. Ins eigene Tor, logisch.«

»Wieso das denn?«

»Weil Leute immer tun, was sie eigentlich nie tun, wenn etwas passiert, was eigentlich nicht passieren kann. Das ist übrigens das Zweite Dienstbier'sche Gesetz.«

»Und das erste?«

»Habe ich vergessen. Also noch mal: Wenn jemand sieht, wie aus heiterem Himmel Stare Figuren fliegen, dann ist er so hingerissen, dass er einen Moment lang vergisst, dass er gerade für den AS Rom spielt oder die Wahlen gewinnen will oder eigentlich eine ekelhaft strenge Lehrerin ist.«

»Ist Frau Tiedemann aber nicht«, protestierte ich.

»Nein? Na, das kann ja noch kommen. Aber wie dem auch sei: Jetzt zeigt mir doch mal diesen Kasten aus dem Museum.«

Den hatte ich ja komplett vergessen. Ich stellte das Teil auf den Werkstatttisch, nachdem Dienstbier mit einer raschen Ellenbogenbewegung alle Lupen, Zangen, Lötkolben, Teetassen, Sonnenblumenkerne und Metallspäne zur Seite gewischt hatte.

Natürlich hatte unser Prälat den passenden Schraubenzieher. Vor sich hin murmelnd, schraubte und wackelte er an dem Kasten herum, roch daran, klopfte an allen Seiten, holte schließlich ein Käsemesser aus der Küche und hebelte den Deckel auf. »Aha, wie ich es mir gedacht habe. Ein Deflektor, und ziemlich gut gebaut sogar, tatsächlich, ein Diodentransponder, fünf Hertz-Kathoden, na, ob das ausreicht auf die Entfernung ...« Dienstbier schien völlig vergessen zu haben, dass er nicht allein in seiner Werkstatt war. In dem Kasten waren Drähte und verlötete Platten mit bunten Knöpfen obendrauf, wie in dem alten Radio von Papa, das mir mal runtergefallen ist, wofür ich aber nichts konnte.

»Hallo?«, versuchte ich zu ihm vorzudringen.

»Ja bitte? Ach, entschuldigt. So ein Gerät ist für mich bedauerlicherweise genauso interessant wie ein altes Pergament für die meisten meiner Mitgeistlichen. Ihr habt hier einen Deflektor gefunden. Damit der Poimnograph richtig funktionieren kann, muss möglichst direkt unter der Vogelwolke einer dieser Deflektoren stehen. Sonst verdunsten die Signale in alle Richtungen.«

»Das heißt, überall wo Mister X seine Aktionen plant, muss so ein Kasten versteckt sein?«

»Ganz richtig. Sonst erreichen die Signale die Vögel mit den Chips nicht gut und die Wolkenbildung wird sehr viel schwieriger. Über der Galleria Borghese wird es ohne den Deflektor jedenfalls kein Starenbild geben. Und am Sonntag über dem Forum Romanum auch keins, weil unser Unruhestifter ja keine Ahnung von dem Auftritt des Papstes hat, hihi!«

Dienstbier war jetzt bester Laune. Und ich stand auf, weil auf KiKA die Endausscheidung von meiner Lieblingssendung lief, »Dein Song«. Nur Eloise starrte vor sich hin und bewegte sich keinen Zentimeter von der Stelle. Sie blinzelte noch nicht mal.

»Eloise?«

»Wann ist Sonntag?«

»Eloise, spinnst du jetzt? Sonntag ist übermorgen.«

»Dann haben wir ein Problem. Wir haben Romulus vergessen.«

17. Kapitel

Wer duscht, denkt besser

Wer jemals einen Eiswürfel in kochendes Wasser geworfen hat, der kann sich vorstellen, wie schnell die gute Laune des Prälaten Dienstbier verschwand. Sie löste sich einfach in nichts auf, in abgrundtiefe Düsternis. Eloise war urplötzlich eingefallen, dass auf dem Forum schon ein Deflektor versteckt sein musste. Auch wenn der Unbekannte keinen blassen Schimmer vom Auftritt des Papstes hatte. Auch wenn ihm der Papst pupsegal war. Aber das Forum war der vierte Eckpunkt von dem Drachen. Der Ort, wo Romulus einst seinen Vogelschwarm gesehen hatte. Wahrscheinlich war das sogar der wichtigste Punkt auf dem ganzen Drachen, schließlich ging es dem Unbekannten ja um Vögel. »Und wenn der Geheimplan darin besteht, an allen möglichen Orten auf der Drachenlinie Chaos anzurichten, dann ist auf dem Forum ganz klar schon alles vorbereitet.« Das hatte Eloise gesagt und den Prälaten in ein Häufchen Elend verwandelt. Alles sei seine Schuld, jammerte er, und dass jetzt sowieso alles zu spät sei, und so weiter. Wir sind dann schnell gegangen.

Jetzt liefen wir schweigend die Vatikanmauer entlang zur Straßenbahnhaltestelle, später dann am Eisladen vorbei und um die Ecke in unsere Straße hinein.

Mama hatte ihr Buch ausgelesen und Spaghetti gemacht, ohne Hackfleisch. Papa würde später kommen. Eloise durfte noch bleiben, bis unsere Lieblingssendung »Dein Song« zu Ende war.

»Smilla, wenn ich ehrlich bin ...«, fing Eloise an.

»Dann?«

»Dann ist es mir ziemlich egal, ob während einer stinklangweiligen Papstrede die Vögel ein Kreuz oder einen Käsekuchen in die Luft malen. Was geht uns das an?«

»Nichts. Wir sollten uns endlich um mein Meerschwein kümmern und zur Polizei gehen oder zum Zoodirektor oder noch besser gleich bei Batman & Robin anrufen.«

»SMIIIILLAAA!« Das war Mama. Sie geht grundsätzlich davon aus, dass Töchter sich immer in Hörweite ihrer Mütter aufzuhalten haben, als wären sie Dreisternekellner. »Eloises Mutter hat angerufen. Sie soll nach Hause kommen. Es gibt Milchreis.«

Milchreis. Kann sich Milchreis in ein hochwichtiges Gespräch zwischen Freundinnen quetschen?

Leider ja. Ich brachte Elo noch bis zum Fahrstuhl, dann

hörte ich schon wieder: »SMIIIILLAAA! Teeeelefooon, mach schnell. Irgendjemand von der Kirche für dich.«

Mama reichte mir das Telefon mit draufgelegter Hand und flüsterte: »Lass dich nicht in irgendwelche Gebetsgruppen reinziehen, verstanden?« Meine Mutter ist zwar katholisch, aber irgendwie hasst sie alles, was mit Priestern zu tun hat. Sie bekäme schon von ihrem Anblick Pickel, sagt sie. Aber austreten tut sie auch nicht. Man könne ja nie wissen, sagt sie dann.

»Hallo?« Es war Dienstbier. Seine Stimme klang noch fisteliger als sonst. Wie ein gekitzelter kitzeliger Schwan mit einem Kloß im Hals. Oder so ähnlich. »Ich habe gerade erfahren, wann der Papst seine große Ansprache hält. Die Rede wird tatsächlich weltweit übertragen, es soll um den heiligen Franziskus gehen.«

»Wer ist das?«

Dienstbier machte eine kurze Pause, dann fiepte er weiter: »Der heilige Franziskus konnte mit den Tieren sprechen. Hast du nicht seinen Sonnengesang gelesen, das Lob der Schöpfung? Hier, ich singe es dir vor: *Altissimoooobo, onnipote-he-nte, bon Signo-ho-hore …*«

Er hätte höchstwahrscheinlich noch länger durchs Telefon gesungen, wenn ich ihn nicht unterbrochen hätte: »Cool. Wirklich. Aber was ist jetzt mit der Ansprache?«

»Ach so …, natürlich.« Er räusperte sich krächzend. »Wenn der Papst durch eine Starenwolke aus dem Konzept gebracht wird und erzählt, dass er keine Lust mehr hat, Papst zu sein, dann …«

»Was dann?«

Dienstbier holte tief Luft. »Dann …, dann … Das darf unter keinen Umständen passieren.«

Er nuschelte noch irgendetwas, das wie ein »Wiederhören« klang und war dabei, das Telefon aufzulegen.

»Stopp! Halt! Moment noch …«, brüllte ich.

Meine Mutter kam ganz aufgeregt hereingestürmt: »Ist was passiert, Smilla?«

Ich wedelte mit meiner freien Hand, dass alles in Ordnung ist.

»Herr Dienstbier, nur eine Kleinigkeit noch.«

»Ja?«

»Wann ist denn die Audienz?«

»Ach so, natürlich, ich vergaß: Sonntagmittag, punkt zwölf Uhr.«

Sonntagmittag. Das waren jetzt genau noch anderthalb Tage. 36 Stunden. Jede Menge Minuten. Und keine davon zu verlieren.

Ich schaute durchs Fenster auf die Häuser gegenüber. Die grünen Fensterläden, die Antennen, die Wäscheleinen auf dem Dach. Mir fiel natürlich nichts ein, wie ich verhindern konnte, dass sich übermorgen einige Tausend Stare über der weißen Kappe des Papstes zu einer Micky Maus zusammenknüllten.

Weil mir absolut nichts einfiel, ging ich duschen. Den Trick hat mir Mama beigebracht. Beim Duschen fallen ihr immer die besten Dinge ein. Sie sagt, das hängt mit den Tropfen zusammen, die einem die Haut massieren, das sei wissenschaftlich erwiesen. Ich stellte mir vor, dass dann alle klugen Leute ständig duschen müssten und dass ich mich bei dem nächsten Deutschaufsatz melden würde: »Frau Tiedemann, ich muss mal raus zum Duschen.« Aber es funktioniert wirklich. Nach zwei Minuten Tropfenkopfmassage hatte ich eine Idee.

Zum Glück waren die Fratelli-Brüder zu Hause.

18. Kapitel

In dem es endlich
einen richtigen Knaller gibt

»Eine Rakete?« Giovanni Fratelli schaute mich an, als hätte ihm ein Meerschwein gerade den Satz des Pythagoras erläutert.

»Nein, nicht so eine. Keine richtige Rakete. Nur eine, die ihr vielleicht noch von Silvester übrig habt.«

»Ist denn morgen schon wieder Neujahr?« Die Bemerkung von Mauro war auch nicht gerade scharfsinniger.

»Meine Güte, was habt ihr denn heute in eure Suppe geworfen? Denkbremspillen? Ich brauche dringend eine Feuerwerksrakete, weil sonst der Papst ..., okay, ich erklär's euch.«

Sie setzten sich auf zwei große umgedrehte Olivenölkanister »Extra Vergine Deliziosissima, made in China« und ich erzählte ihnen die ganze Geschichte. An ihrem Gesichtsausdruck änderte das zwar auch nichts, aber immerhin ging Mauro in eines der hinteren Zimmer und fing an, dort Kartons und Säcke herumzuschieben.

Meine Idee war so einfach wie Duschen. Wir mussten am Sonntag auf dem Forum Romanum nur eine Silvesterrakete aufsteigen lassen, sobald die Stare sich zeigten. Das war zwar nicht ganz im Sinne des heiligen Franziskus und anderer Tierschützer, aber bestimmt sehr wirksam. Jedenfalls würde es den Schwarm ziemlich aus dem Konzept bringen. Außerdem mussten wir uns rechtzeitig auf dem Forum verstecken und durften die Streichhölzer nicht vergessen.

Aus dem Nebenzimmer war etwas zu hören, das an eine Bowlingbahn erinnerte, auch der Fußboden zitterte etwas, doch dann kam ein sehr staubiger, aber sehr zufriedener Mauro zum Vorschein und hielt ein mit Silbersternchen geschmücktes Papprohr in der Hand, aus dem unten ein Holzstab herausschaute.

»Ha! Die ist damals wohl nicht explodiert, haben wir damals im Graben der Engelsburg gefunden, oder Giovanni? Ist noch wie neu«, sagte er und fing sogleich an, nach einem Feuerzeug zu suchen.

»Lass mal. Ich glaube, Raketen kann man nicht ausprobieren«, meinte Giovanni. Dann klingelte es an der Tür. Eloise kam herein, und als ich ihr von unserem Raketenplan erzählte, war sie völlig begeistert. »Das ist so was von cool, das hätte von mir sein können«, sagte sie und hielt mir ihre mit Blümchen bekritzelte Hand zum High five hin. Ich fühlte mich super. So super, dass ich keine Sekunde darüber nachdachte, wer die Rakete eigentlich am Sonntagmittag anzünden sollte und wie derjenige sich in eines der am besten abgesicherten Ereignisse des ganzen Jahres heimlich hereintricksen wollte. Ich schwebte wie eine Seifenblase durch die Wohnung, rosig schillernd und voll warmer Luft, alles war leicht und einfach so wie ich, das schlaueste fast elfjährige Mädchen von allen ...

Plopp. Ein nadelspitzer Satz von Giovanni brachte mich wieder auf den Boden der Tatsachen zurück: »Sagt mal, wie wollt ihr eigentlich eure Rakete in die Audienz schmuggeln? Gibt's da nicht Schweizergarden, Sicherheitsheinis mit Walkie-Talkies und so was in jeder Menge?«

Plopp, und ich war wieder ein feuchter, unansehnlicher Fleck auf dem Parkett. Alle schwiegen und schauten sich an. Zum Glück war Eloise da, die alles wie immer nicht so schlimm fand. »Wird schon schiefgehen. Wir beide fahren jetzt erst mal zum Forum und bringen die Rakete in Stellung. Dann sehen wir weiter. Pacta sunt servanda!«

»Pacta was?«

»Sagt mein Vater immer, wenn er auch zu Hause wie ein Kommandant klingen will. Dabei weiß er selbst nicht, was es bedeutet. Klingt aber, als hätte Julius Caesar es höchstpersönlich gesagt, oder? Also los.«

Wir verabschiedeten uns kurz von den Fratellis und liefen die Straße runter zum U-Bahn-Eingang »Ottaviano«.

In der Metro herrschte wieder das übliche Durcheinander aus Pilgern, Touristen und Nonnen. Zwei tätowierte Mädchen mit Glitzerpickeln in der Backe spielten Walzer auf ihren Akkordeons, ein einsamer Dudelsackbläser versuchte, dagegen anzuquäken, und weiter hinten stand noch ein Streichquartett aus drei Chinesen. Ein als Kartoffelchip verkleideter Mann sammelte Geld für irgendeine Stiftung blinder Uhrmachermeister, und der kleine Hund uns gegenüber versuchte krampfhaft und diskret, ein Würstchen zu legen. Kurz, es war wie immer in der römischen Untergrundbahn. Wir stiegen am Cavour-Platz aus und gingen die Straße hinunter zum Forum.

»Also. Wenn die Messe hier auf den Treppen stattfindet, dann schaut der Papst logischerweise dort drüben hin.« Eloise zeigte auf den Hügel gegenüber, wo eine Gruppe Schirmpinien und ein alter Palast standen. Laut Hinweistafel war das einer der sieben Hügel Roms, der Palatin. Also genau der Fleck, wo Romulus damals seinen Vogelschwarm gesehen hatte und deswegen König wurde. Falls das jetzt jemanden interessiert. Wir stiefelten die gefühlten dreiundzwanzigtausend Stufen den Hügel hinauf, überquerten vorschriftswidrig einige Absperrungen und ließen uns unter eine Pinie in die Nadeln fallen.

»Iiiih, Harz. Und Ameisen. Ich hasse Ameisen«, sagte Elo, obwohl das gar nicht stimmte. Wir hatten beide beschlossen, Ameisen neben Meerschweinchen zu unseren

Lieblingstieren zu ernennen, nachdem ich im Fernsehen mal gehört hatte, dass alle Ameisen eines Haufens eigentlich nur Teile eines einzigen Wesens seien. Das wäre so, als würden alle deine Zellen frei herumkrabbeln und trotzdem wärst du immer noch Smilla oder Frau Tiedemann. Dann wäre es auch kein Problem, in jedes Kino unerkannt reinzukommen oder in der Klassenarbeit heimlich ein paar Gehirnzellen unter der Tür durchlaufen zu lassen, um im Klo den Spickzettel zu studieren. Nein, Ameisen waren schon super Tiere.

Der Platz war genau richtig. Man konnte sich gut verstecken, hatte freie Sicht auf die Bühne und in den Himmel und kein Parkwächter würde heute Nacht ausgerechnet hier herumschnüffeln.

Also buddelten wir der Rakete ein kleines Loch zwischen den Nadeln und bedeckten sie mit harzigen, ameisenbekrabbelten Pinienzweigen und Zapfen.

»Ruhe in Frieden, Rakete. Bis morgen.«

»Dann wird Smilla den Papst retten.«

»Ich? Kommt nicht infrage. Ich bin schon froh, wenn meine Eltern mich morgen überhaupt von der Leine lassen. Ich glaube, die wollen wieder ans Meer fahren.«

Eloise schaute mich entgeistert an: »Ans Meer? Du buddelst im Sand und ich soll hier den Sprengmeister machen? Das geht nicht. Denk dir was aus. Wir sind schließlich ...«

»... Freundinnen, ich weiß.«

»Und das ist die Hauptsache«, beendete Eloise das Gespräch, stand vorsichtig auf und schaute über die Hecke. »Der Rest wird sich finden.«

Nach dem Abendessen (wenn man es so nennen will; Mama hatte sich an etwas namens »Tofu-Tartar« versucht, es sah aus wie Monsterglibber und schmeckte, als würde man Tapete lecken), also nach dem sogenannten »Abendessen« stand ich in der Küche und schmierte mir ein Brot. Das ganze Essen über war mir absolut kein Grund eingefallen, weshalb ich morgen um elf unbedingt auf dem Forum Romanum sein müsste. Jedenfalls kein Grund, den Eltern einfach so schlucken würden.

Im Wohnzimmer hatte Papa das Radio angemacht und tat so, als würde er alles tun, nur nicht den Karton Cracker leeren, den er gerade in der Hand hatte.

Ich ging in mein Zimmer. Das Foto von Mono hing über meinem Schreibtisch.

»Denk nach, Smilla«, sagte Mono und schaute mir tief in die Augen. »Wenn du Mister X gefunden hast, dann hast du auch mich gefunden.«

Quatsch. Das war reine Einbildung. Wahrscheinlich so eine Art Hungerfantasie. Fotos reden nicht. Aus dem Wohnzimmer hörte ich ein spitzes Lachen.

»Zum Papst? Kommt nicht infrage. Wir fahren an den Strand. Smi-hill!« Das war Mama. Sie und Papa standen sich gegenüber und Papa stopfte sich nervös Cracker in den Mund.

»Smilla, du wirst es nicht fassen. Dein Vater will morgen nicht ans Meer, weil er«, sie hielt sich die Nase zu, »den Herrn Papst sehen will. Morgen Mittag auf dem Forum. Was sagst du dazu?«

»Ähm.« Ich durfte jetzt nicht gleich in Begeisterung ausbrechen. »Wieso, was macht der denn?«

»In den Nachrichten haben sie gerade gesagt, dass der Papst morgen ausnahmsweise auf dem Forum reden würde, zum Naturschutztag oder so. Außerdem ist schönes Wetter und wir waren schon lange nicht mehr auf dem Forum.«

»Tja, mir egal.«

»Genau, Leute«, sagte Papa. »Smilla hat völlig recht. Man sollte mal was für seine inneren Werte tun. Wir gehen morgen früh Papst gucken.«

»Spinnst du jetzt völlig?«

»Nein, meine Liebe. Ich finde, es kann einem fast elfjährigen Mädchen nicht schaden, sich zu bilden. Und dir übrigens auch nicht.«

Mama überlegte kurz, ob sie einen Streit anfangen, beleidigt sein oder nur die Augen verdrehen sollte. Fürs Zanken war sie wohl zu müde, also sagte sie nur: »Macht, was ihr wollt. Ich jedenfalls schlafe morgen aus. Viel Spaß beim Händefalten. Gute Nacht.«

19. Kapitel

In dem so ziemlich alles komplett schiefgeht

Am Forum war so viel los wie seit den Gladiatorenspielen der alten Römer nicht mehr. Wir waren extra früh aufgestanden, hatten dann aber mindestens eine Stunde damit zugebracht, Papas Fernglas zu suchen. Vergeblich. Deswegen stand Papa jetzt mit mieser Laune und einem rosa geblümten Opernglas in der Hand in der Schlange.

Von Eloise war nichts zu sehen. Männer, die aussahen wie Kampfhunde in Anzügen, standen schwitzend am Eingang und versuchten, den Leuten in die Taschen zu schauen, Polizisten liefen mit Walkie-Talkies herum, von irgendwo wurden Engelschöre übertragen und ältere Damen fächerten sich mit den Programmzetteln Luft auf die welken Wangen ins Gesicht. Papstmessen sind für ältere Leute das, was für jüngere Popkonzerte sind. Es war ein Riesenspektakel. Wir drängelten uns bis an die Sitzreihen heran und hatten einen ziemlich guten Blick auf die Bühne.

Papa reichte mir das Opernglas. Erst hatte ich nur eine Unterwasserlandschaft vor mir, dann fand ich das Rädchen, um scharf zu stellen. Ich sah den roten Altar und viele Männer in schwarzen Kleidern. Jemand rollte ein Kabel aus.

»Eyy, pass doch auf«, sagte ich wütend, weil mich irgendein Idiot in die Seite geboxt hatte. Der Idiot trug schwarze Lackschühchen, ein Rüschenkleid und hatte einen gewaltigen Lutscher hinter der Backe stecken. »Mann, Elo, wie siehst du denn aus?«

Ich hatte meine beste Freundin in dem Konfirmations-Outfit erst gar nicht erkannt. Eloise trug eigentlich nie etwas anderes als Jeans und T-Shirt.

»Ist mir auch peinlich, das Kostüm. Aber taugt als Tarnung.«

Ich schaute wieder nach vorne zur Bühne. Die Priester hatten sich mittlerweile hingesetzt. Sie waren nass gescheitelt und hatten rosige Gesichter und kicherten rum wie auf einem Schulausflug. Plötzlich sah ich einen Schatten, der mir sehr wohl bekannt vorkam. Ich kann nicht gerade sagen, dass es die Lieblingsfigur in meinem Leben war. Denn fette Jungs, die Weihnachtskarpfen die Augen ausstechen, kann ich beim besten Willen nicht zu meinen Lichtgestalten rechnen. Benito. Dieses rosig-runde Engelchen im weißen Ministrantenanzug und Spitzenkragen bis zu den Schweinsöhrchen war tatsächlich Benito. Ich stieß Eloise in die Seite, aber meine Freundin war bereits abgetaucht. Benito stand hinter allen Absperrungen und trug eine braune Bibel in der Hand. Das heißt ... Selbst für eine Bibel war das Paket etwas übergewichtig. Das war keine Bibel, das war der Kasten.

»Der Kasten! Benito hat den Kasten dabei. Elo!«, rief ich aufgeregt. »Elo?« Wo steckte sie nur?

»Komm jetzt, Smilla.« Das war Papa. Er drängelte, wir sollten uns weiter weg von den Lautsprechern stellen.

»Moment, gleich.« Ich sah, wie Benito sich nach allen Seiten umschaute. Die Messe würde in einer Viertelstunde beginnen. Was er auch vorhatte, ihm blieb nicht viel Zeit. Mit dem harmlosesten Gesicht der Welt schlenderte Benito am Altar vorbei, wo die Oblaten aufbewahrt wurden. Keiner schien auf ihn zu achten. Dann zuckte er zusammen und starrte auf etwas hinter der innersten Absperrung, mit einem Blick, als würde sich dort der Teufel persönlich die Hufe reinigen. Eloise! Das durfte nicht wahr sein. Meine beste Freundin musste sich irgendwie durch die Absperrungen geschmuggelt haben, wahrscheinlich hatte ein Schweizergardist sie wiedererkannt. Und jetzt quasselte sie wild herumfuchtelnd auf einen Ordner ein, der offenbar so stur war wie sie selbst.

»Smilla, komm jetzt. DU wolltest doch unbedingt den Papst hören.«

»Gar nicht.«

»Da vorne lassen sie noch Leute rein. Komm schon.«

»Man sieht doch auch von hier was, Paps.«

Währenddessen schien sich Benito wieder gefasst zu haben. Man sah, wie der Schweiß seinen Spitzentüll nässte. Jedenfalls bildete ich mir das ein. Er drehte sich noch einmal nach den Aufpassern um, kniete sich hin, als müsse er unbedingt noch seine Schnürsenkel probeknoten, und als er wieder aufstand, hatte er keine Bibel mehr unter dem Arm.

Verflucht. Er hatte es tatsächlich geschafft. Der Kasten war auf der Bühne versteckt, hinter einer Kabelbox, und Eloise sah nicht so aus, als würde sie daran noch etwas ändern können.

»SMILLA, du kommst jetzt SOFORT hierher!« Papa wieder, jetzt mit seiner Schäferhundedressurstimme. Da half nichts mehr. Mist, Mist, Mist. Um uns herum fingen die Leute an, wie bescheuert ihre weiß-gelben Fähnchen zu schwenken. Posaunen tröteten, ein Chor fing an zu singen, es wurde sehr feierlich und immer lauter. Der Papst war angekommen. Ich sah ihn nicht, aber ich spürte ihn. Die Leute drängelten plötzlich ganz anders und alle schauten in eine Richtung. Neben mir stand eine hagere Frau, reckte ihre Handykamera in die Luft und kreischte immer nur den Namen des Papstes, als wäre sie im Stadion. Die Sache war gelaufen. Es war vorbei. Die Vögel würden gleich aufsteigen wie ein Geschwader bei der Luftschau, und wenn der Schwarmschreiber so funktionierte wie bisher, dann würde in einer Stunde alle Welt von dem kleinen süßen Geheimnis unseres Papstes wissen. Armer Prälat Dienstbier. Das würde er nicht überleben. Ich fühlte mich leer und kalt. So wie einer von den Igeln, die immer an der Autobahn liegen. Klar, sobald der Papst nicht mehr das sagte, was in seinem Redetext stand, sondern die Wahrheit, würde irgendjemand schnell das Mikrofon abstellen. Aber die Nachricht wäre dann schon auf allen Programmen und übers Internet rasend schnell um die Welt gejagt.

»Hahaha.«

Ich drehte mich um.

»Ha, haha, ich wusste doch, dass wir uns noch einmal treffen würden. Aber dass du solch ein Fan vom Papst bist, hätte ich nicht gedacht, hihihi.«

»Julia! Was machst du denn hier?«

»Freizeit. Das Forum ist heute besetzt, also schlechtes Geschäft für einen original römischen Gladiator. Ist das dein Vater da vorn?«

»Ja. Leider.«

»Na, na. Ist irgendwas?«

»Nein.«

Nur, dass die Welt gleich untergehen würde. Aber warum sollte ich Julia eigentlich nichts davon erzählen? Es war sowieso alles zu spät. Mister X hatte seine Apparate aufgebaut. Das Drama war in vollem Gange. Ich erzählte Julia kurz von der Starenschwarm-Verschwörung und dem, was jetzt gerade als Katastrophe auf die Welt zuflatterte.

»Klingt sehr kompliziert«, meinte er, was mir auch nicht weiterhalf. »Das musst du mir später mal ausführlich erzählen, aber dann bitte nicht mit so einem verzweifelten Ausdruck im Gesicht, okay?« Er strich sich über die Nase, dachte kurz nach und sagte: »Wenn ich dich richtig verstanden habe, muss irgendjemand diesen Kasten da vorne auf der Bühne beseitigen, richtig?« Ich nickte und schaute in den Himmel. »Gut. Das müsste ich hinbekommen. Immerhin«, Julia drehte sich um, »kennt ein Gladiator alle möglichen Gänge auf dem Forum Romanum. Und die unmöglichen sowieso!« Mit diesen Worten verschwand er im Gedrängel. Ich hörte nur noch ein letztes »Salve« in dem allgemeinen Gemurmel und Gebrause rings um mich herum. Der hageren Frau neben mir waren die Arme vom Winken mittlerweile schwer geworden, an ihrem Kinn hing ein Spuckerest, mir gefährlich nahe. Der Papst war eine winzige weiß-goldene Gestalt vorn auf der Bühne, aber ich sah auf einem Großbildschirm, dass er sich gerade mühsam auf seinen Thron hievte. Ständig zupften Männer an seinem Umhang herum oder flüsterten ihm etwas ins Ohr. Er sah müde aus. Aber das wird sich gleich ändern, lieber Papst. Wenn du wüsstest ... Und wieder hatte ich diesen Eisklumpen im Bauch und weiche Knie. Auf dem Riesenbildschirm zog die Kamera an den ganzen Kirchenleuten vorbei. Kardinäle mit roten Kappen, Bischöfe mit weißen, einfache Priester ohne alles, ein Mönch mit Schleier an der Mütze und Weihnachtsmannbart, Sicherheitsleute mit ihren Knöpfen im Ohr, ein Gladiator mit seinem Federbusch, noch ein Priester – was?!

»Julia …«, flüsterte ich. »Das gibt's nicht.« Die Kamera war schon wieder weitergezogen. Ich versuchte, mit dem Opernglas an der hageren Frau vorbeizuspähen. Da stand er. Julia hatte es tatsächlich geschafft, sich irgendwie auf die Bühne zu schmuggeln. Und zwischen den ganzen Gestalten in ihren altmodischen Kostümen fiel er anscheinend gar nicht besonders auf mit seinem Gladiatorenpanzer.

»Liebe Brüder und Schwestern …« O Gott, es ging los. Die piepsige Stimme des Papstes dröhnte aus allen Lautsprechern, wallte in jede Ecke des Forums, donnerte über alle Absperrungen hinweg bis in die letzten Straßen hinein. Ich schaute nach oben. Noch waren keine Vögel in Sicht.

»Gib doch mal das Opernglas, Smilla«, sagte Papa.

»Moment, Sekunde noch.« Ich hatte gesehen, wie der Gladiator sich langsam durch die Reihen der Bischöfe, Priester und Weihnachtsmänner geschoben hatte. Julia stand jetzt vielleicht noch zwei Meter von der Kabelbox entfernt, wo der Deflektor liegen musste. Er stupste den dicken Mönch neben sich an, um vorbeizukommen. Noch einen Meter. Aber der Mönch legte den Zeigefinger an die Lippen und drückte Julia dann mild lächelnd sein Gesangbuch in die Hände. Der Gladiator sah nicht sehr glücklich darüber aus.

»Bitte, bitte, bitte, bitte …«, murmelte ich.

»… ich danke euch von Herzen, dass ihr so zahlreich

erschienen seid, und begleite euer Studium, eure Arbeit und euren Einsatz gern mit meinem Segen. Ich habe vom Singen gesprochen. Singen wir gemeinsam das Vaterunser, das große Gebet, das Jesus uns alle gelehrt hat«, leierte der Papst. »Amen«, rauschte es unten auf dem Platz, und »schschschschschschshzzzzzzzzzz« rauschte es hoch über den Pinien des Forums. Nein … Doch. Da waren sie. Die Stare. Eine Wolke, eine tanzende, wirre Wolke, so groß, wie ich sie die Tage über noch nicht gesehen hatte. »Das darf unter keinen Umständen passieren. Darf. Nicht. Sein«, hatte der alte Dienstbier gesagt. Aber genau das war jetzt passiert.

»Smilla, verflucht, reich mir jetzt das Opernglas. Sei nicht so bockig.« Papa wieder. Ich konnte gerade noch sehen, wie vorn auf der Bühne irgendjemand geschubst wurde, dann gab es einen Knall.

Das musste drüben auf dem Hügel gewesen sein, hinter den Pinien. Alle drehten sich um. Das war keine Bombe, nur ein Böller, eine Art Rakete vielleicht. Jetzt stieg zwischen den Baumkronen weißer Rauch auf. Der Papst hatte seine Rede unterbrochen. Es war ganz still. Einen Moment lang. Dann kreischte jemand: »Habemus papam! Habemus papam!«

Einer der Greise auf den Rollstühlen musste von dem Böller aufgeschreckt worden sein. Und weil er nur den weißen Rauch sah, dachte er wohl, ein neuer Papst sei gewählt worden. »Habemus papam!«

»Häh? Was soll das denn heißen, Paps?«

Papa schien nichts zu hören. Ich musste ihn erst am Mantel ziehen, damit er antwortete: »Ach, das rufen sie immer nach der Papstwahl. Wenn die Abstimmungszettel verbrannt sind und als Signal ein weißer Rauch überm Petersplatz aufsteigt. Der Opa ist wohl von dem Böller aufgeschreckt worden und dachte, wir hätten einen neuen Papst. Aber was war das für ein Knall? Das stand doch so gar nicht im Programm ...«

Immer witzig, unser Papa. Ich hatte auch keine Ahnung. Nach der ersten Überraschung fingen die Leute an zu lachen, erst vorsichtig, probeweise, dann immer lauter und wie erleichtert. Der Opa wurde zur Seite gerollt. Papa drehte den Kopf in alle Richtungen, als suchte er jemanden. Ich nahm ihm das Opernglas aus der Hand und schaute zur Bühne. Die Mönche und Kardinäle tuschelten miteinander, gestikulierten, winkten, zogen sich an den Umhängen, und in dem allgemeinen Durcheinander sah ich nur noch, wie ein Mann in schimmernder Rüstung sich plötzlich hinkniete, als wollte er beten. Dann packte er schnell irgendetwas vom Boden, versteckte es unter seinem Mantel und drängelte sich zwischen den Chorknaben, Priestern und Bischöfen schnell von der Bühne. Julia, du bist der Größte. Der letzte und wunderbarste aller Gladiatoren. Der Deflektor war beseitigt. »Papa ...?« Aber mein Vater machte nur »Psst« und tippte auf seinem Handy herum.

Der Papst schob sich seine Brille wieder auf die Nase, sortierte die Blätter und fuhr damit fort, seine Rede weiter abzulesen. Papa stand immer noch da und schaute auf sein Handy.

Was dann passierte, habe ich eigentlich bis heute nicht ganz kapiert. Weil es eigentlich gar nicht hätte passieren können.

20. Kapitel

Was man von Obelisken lernen kann und was nicht

Am nächsten Morgen hatten die Zeitungen das Foto des Starenschwarms auf ihren Titelseiten. Manche schrieben von dem »Wunder auf dem Forum« oder »Die Stare segnen den Papst«. Aber als ich anfing zu lesen, merkte ich schnell, dass niemand verstanden hatte, was wirklich passiert war. »... erklärten die zuständigen Beamten vom Vogelschutzamt. Selbstverständlich sei das Herz eine optische Täuschung gewesen. Immer wieder komme es vor, so Dr. Cirielli, dass eine Vogelwolke von einem bestimmten Standpunkt für einen Augenblick wie etwas aussehe, aber das sei kein Grund, an ein Wunder zu glauben ...« Und so weiter und so fort.

»Zeig mal, Smilla«, sagte Mama und nahm mir die Zeitung weg. »Wie abergläubisch manche Leute doch sind. Unfassbar.« Als sie umblätterte, blieb die Seite in der Butter hängen und ein Foto vom Ministerpräsidenten wurde langsam ganz durchsichtig. Ich schaute Papa an, aber der sagte nichts, und ich wollte ihn schon ansprechen, warum er den Sportteil heute verkehrt herum in der Hand hielt. Aber dann stand er auf und verschwand in seinem Arbeitszimmer.

»Mama«, fing ich an.

»Hmmm …«, kam hinter ihrer Zeitung hervor.

»Weißt du, ich und Eloise haben etwas herausgefunden. Jemand hat einen Apparat erfunden, der Starenschwärme wirklich fernsteuern kann, und derjenige will, dass der Papst und alle anderen ihre Geheimnisse ausplaudern. Der Papst wollte nämlich nie Papst werden, sondern lieber Spielzeugeisenbahner, deswegen hat Prälat Dienstbier uns auf die Suche geschickt.«

»Hmmm, interessant, Smillchen. Gibst du mir mal den Honig rüber?«

»Mama. Hörst du mir überhaupt zu?«

»Klar doch, du und Eloise, ihr erfindet immer die tollsten Spiele. Wir sollten ihre Eltern vielleicht mal wieder einladen. Hast du eigentlich noch was auf vor den Ferien? Iiiieh, da klebt ja Butter am Blatt, ich hasse das!«

Es war sinnlos. Eltern sind wie diese automatischen Stimmen am Telefon, wenn man bei der Bahn anruft. Sobald man nicht genau das sagt, was sie erwarten, verstehen sie kein Wort. Mama jedenfalls war heute Morgen definitiv im Modus der Endlosschleife.

Ich wartete noch ein bisschen, dann tat ich das, was ich den ganzen Morgen schon tun wollte. Ich rief Eloise an.

»Wo?«

»Guten Morgen heißt das unter vorschriftsmäßig geimpften und gebildeten Menschen.«

»Mann, Eloise, sei nicht so. Wo treffen wir uns? Ich halte es nicht mehr aus.«

»Smilla, unter fast Elfjährigen sollte man eine gewisse Geduld voraussetzen dürfen.«

Habe ich in dieser Geschichte schon erwähnt, dass auch beste Freundinnen ihre Tage haben und schlicht unerträglich sein können? Wenn nicht, dann ist jetzt der Moment dafür.

Eloise wusste mehr als ich und wollte ihren Vorsprung allem Anschein nach noch ein wenig halten.

»Okay, in zehn Minuten am Obelisken. Und kein Gequatsche mehr.« Es sollte klingen wie aus einem Krimi.

Ich packte den Bus&Metro-Plan in meine Tasche und trabte los. Als ich durch die Säulenreihe die Stufen hinunter auf den weiten Platz trat, saß Eloise schon auf einer der Absperrketten und schaukelte.

»Hat doch alles prima geklappt, oder?«, krähte sie schon von Weitem.

»Nichts hat geklappt. Aber erzähl jetzt endlich.«

Eloise kostete diesen Moment wirklich entsetzlich aus. Sie kramte erst lange in meiner Tasche nach einem Taschentuch, putzte sich umständlich die Nase und wollte gerade anfangen, von Micki zu plaudern –

»ELO! Was. Ist. Passiert?«

Endlich erzählte sie, wie sie einen Schweizergardisten getroffen hatte und wie sie sich aufs Forum schmuggeln konnte. »Ich habe dem einfach gesagt, dass mein Vater schon auf dem Gelände ist und nach mir sucht, da hat er Panik bekommen.« Sie rannte schnurstracks den Palatinhügel hoch, wo die Pinien stehen, und buddelte die Rakete aus. »Alles war in bester Ordnung. Ich hab die Rakete ausgegraben und in die Erde gepikt. Streichhölzer waren bereit. Alles paletti. Nur, als die Vögel sich endlich zeigten und ich das Ding starten lassen wollte, blieb das Teil im Boden stecken. Es hat nur geknallt. Jede Menge Rauch, aber keine Rakete überm Forum. Die Fratellis müssen die Rakete schon recht lange auf ihrem Dachboden gelagert haben. Na, egal. Ich bin auf jeden Fall vom Hügel weg und hab wieder auf Kleines-Mädchen-das-seinen-Papa-sucht gemacht.«

Ich schob Eloise von der Schaukelkette und setzte mich selbst drauf. Jetzt erzählte ich von Julia und wie er die Unruhe nach dem Knall ausgenutzt hatte, sich den Deflektor zu schnappen und unschädlich zu machen. »Dadurch hätte eigentlich nichts mehr passieren dürfen. Aber wieso um alles in der Welt haben die Stare trotzdem ein Herz gebildet?«

»Ist doch schnurz, Smilla. Komm, wir gehen zum alten Dienstbier und lassen uns feiern.«

Um uns herum schlabberten die Touristen wie üblich ihr Eis, hielten ihre Fotohandys hoch, jagten den Tauben nach und taten so, als würden sie den öden Reiseführern zuhören. Der Petersplatz balancierte den Obelisken in seiner Mitte, als würde ihn das alles nichts angehen. Wahrscheinlich die richtige Haltung.

Wir liefen über den Platz zum Seiteneingang des Gebäudes. Der Schweizergardist hob die Hand an seine Mütze, als wären wir der Bundeskanzler, und sagte: »Grüezi, Fräulein Kommandant.«

»Selbst Grüezi. Und abtreten«, entgegnete Eloise grinsend.

Woher weiß man eigentlich, was man machen muss? Ich denke das ungefähr einmal am Tag. »Ach, Eloise, die Welt ist so schwierig«, sagte ich zu meiner Freundin, als wir über das Pflaster des Parkplatzes gingen.

»Wie meinst du das?«

»Na ja. Wo lernen wir das alles? Versicherungen, Führerschein, Krankenkasse, Arbeiten, Geldabheben und so weiter. Das, was die Erwachsenen den ganzen Tag machen, aber wofür es keinen Unterricht gibt, jedenfalls nicht an unsrer Schule.«

»Vielleicht kommt das in der siebten Klasse.«

Wir kamen an dem Vatikan-Buchladen vorbei, neben uns ragte der Petersdom auf wie ein Gebirge, nur schmuddeliger.

»Woher soll ich zum Beispiel wissen, wen ich mal heirate?«

»Das sagt dir dein Papa, so wie ich ihn kenne.«

»Stimmt. Und Mama ist dann bestimmt dagegen. Das meine ich ja. Alles ist so schwierig ...«

»Smilla, was grübelst du so rum? Denk doch mal an einfachere Sachen. Schwarzwälder Kirschtorte oder Nutellabrötchen oder so.«

»Wenn ich ein Nutellabrötchen esse, weiß ich vor dem ersten Biss nie, ob es nicht vergiftet ist ...«

»Nutella IST Gift, würde meine Mutter sagen.«

»... und ich überlege, was wäre, wenn es wirklich Gift ist und ich Haarausfall oder Fußpilz bekomme. Elo, das Schwierige ist, dass alles in jedem Moment ganz anders sein kann, und du weißt nicht, wie und warum.«

»Ruhig, gaaaanz ruhig, Brauner«, sagte Eloise, als würde sie auf ein Pferd einreden. Dann schnaubte sie mit den Lippen und wir standen vor der Tür von Prälat Dienstbier.

Hinter der Tür waren ein merkwürdiges Rauschen zu hören und jemand, der laut vor sich hin sang. »Haaaleluja. Haaaaalelujah! Momentchen noch, ich komme gerade aus der Dusche, bin gleich da, Haaaalelujah!«

Der alte Priester war innerlich so frisch gebadet wie von außen und machte Smilla und Eloise die Tür auf: »Es ist gut gegangen! Der Chef hat seine Rede gehalten und sich nicht verplappert, es hat keinen Skandal gegeben und jetzt sitzt er wieder drüben in seinem Studierzimmer wie jeden Tag und die Welt dreht sich weiter. Herrlich! Und wem verdanken wir das?«

»Danke, das haben wir gern gemacht.«

»Wie bitte?« Dienstbier schaute etwas verwirrt. »Ach so ... Natürlich. Nein, das meinte ich eigentlich nicht.«

»Sie meinen die Sache mit den Staren? Dass die ein Herz geflogen sein sollen?«

»Genau. Obwohl der Deflektor rechtzeitig unschädlich gemacht worden ist, wie ihr mir am Telefon erzählt habt. Es kann also kein Poimnograph-Apparat gewesen sein und auch kein Mister X.«

»Wer dann?«, fragte ich.

»Das war er ...«, sagte Ambrosius Dienstbier, glücklich wie ein Kind, dessen Papagei gerade das erste Wort gesprochen hat, und zeigte mit dem Finger nach oben.

»Ihr Obermieter?«, fragte Eloise kichernd.

»Quatsch. Das kam von ganz oben. Gott war das und damit basta.«

Eloise sah mich augenrollend an. Sie hatte recht. Wenn Herr Gott irgendetwas zu sagen hätte, dann hätten wir uns den ganzen Aufwand sparen können und Mono wäre auch noch am Leben. Im Grunde waren wir gar nicht sehr viel weitergekommen. Wir wussten nur, dass es einen Plan gab. Benito war zwar Teil des Plans, aber unmöglich der Mann, der hinter allem steckte. Es musste noch jemanden geben, der den kompletten Überblick hatte. Wahrscheinlich der Tierarzt Doktor Gänsebein. Oder aber einen anderen, der in dem Netz saß wie eine Spinne und die Fäden zog.

Ich schaute aus dem Fenster und sah die Spitze des Obelisken, unter dem wir vorhin gesessen hatten. Dort musste die Mitte des Platzes sein.

»Die Mitte! Natürlich, wieso haben wir nicht gleich daran gedacht?«

Eloise und Dienstbier hatten gerade über irgendetwas anderes gesprochen und schauten mich an, als hätte ich gerade laut gerülpst.

»Versteht doch. Es gibt einen Plan, der ein Muster zeichnet. An allen Eckpunkten ist bisher etwas passiert. Und jede geometrische Figur hat auch einen Mittelpunkt. Das hatten wir in Mathe. Schnell, Eloise, wo ist unser Stadtplan?«

»Den hast du in deiner Tasche ...«

»DU hast ihn doch rausgeholt, als du das Taschentuch gesucht hast.«

»Ich? Ich kann doch nicht auf deine Tasche aufpassen. Du ...«

»Meine Güte, dann liegt der Plan noch auf dem Petersplatz. Mit unserer Skizze. Mit dem Mittelpunkt des Drachens. Schnell, wir müssen sofort wieder zurück. Tschüs, Herr Dienstbier.«

Wir rasten durch die Gänge des Prälatenpalazzos nach draußen, über das Pflaster, an den Garden vorbei zu den

Kolonnaden, drängelten uns an den verzückt knipsenden Pilgertruppen vorbei zu der Stelle, wo wir gesessen hatten.

Nichts.

Der Plan war verschwunden.

Wir sahen uns um. Geschätzte vier Millionen Leute dösten, picknickten, schlenderten oder eilten auf dem Petersplatz herum und etwa die Hälfte von ihnen hatte einen Stadtplan in der Hand.

»Da vorne! Die blonde Ziege da hat ihn sich genommen ...« Ich wollte Eloise noch zurückhalten, aber da war es bereits zu spät. Meine beste Freundin raste wie vom Katapult geschleudert auf eine endlos lange Frau mit einem Tattoo auf der Schulter zu, die gerade mit einem zerknüllten Stadtplan kämpfte.

Es dauerte nur den Bruchteil einer Sekunde und schon hörte ich Eloise vor sich hin schimpfen: »He, Sie, was machen Sie mit meinem Plan? Was fällt Ihnen ein? Soll ich vielleicht den Kommandanten holen, ich bin nämlich seine Tochter ...«

»Holy shit, what's this crazy kid talking about ...«, rief die blonde Giraffe wild gestikulierend. »Help! Help! Pickpockets!«

Sofort machten sich zwei Polizisten auf den Weg, die sowieso nur auf eine Gelegenheit gewartet hatten, sich vor einer blonden Touristin aufzuspielen. Eloise zerrte am einen Ende der Karte und die tätowierte Giraffe am anderen.

Rings herum hatte sich schon ein Kreis aus Zuschauern gebildet, die froh waren, endlich einmal etwas anderes zu erleben als nur Sehenswürdigkeiten. Ich schaute mich um, ob vielleicht zufällig ein Gardist in der Nähe war.

Da sah ich Benito.

Was zum Teufel ..., dachte ich und fing an, ihm hinterherzulaufen. Erst langsam, dann immer schneller. Eloise würde aus dem Schlamassel schon selbst wieder rauskommen. Benito verschwand gerade hinter einer der Säulen am Platzrand. In seiner Hose steckte hinten etwas Buntes, eingerollt, ein Heft vielleicht – nein: Das war unser Plan!

Zum Glück stand Benito nicht im Verdacht, irgendwann einmal einen Rekord im 100-Meter-Sprint aufzustellen. Seine Disziplin war eher Ritter-Sport und im Schokoladenvernichten war er wirklich blitzschnell. Beim Taschenhändler hatte ich ihn bereits eingeholt. Diesmal dachte ich nicht lange nach, sondern zog ihm, zack, den Plan hinten aus dem Gürtel.

»Du Ratte hast unseren Stadtplan geklaut«, begrüßte ich ihn warmherzig.

»Hä?«, machte Benito etwas sprachlos.

Damit hatte er nicht gerechnet. Ich klappte den Plan auseinander und sah unsere Markierungen: »Hier, das ist mein Plan. Was wolltest du damit, du Wurm?«

»Oh, so ganz außer sich, unser Smiley, ach, ist das süß.« Benito hatte sich wieder gefangen und grapschte nach dem

Stadtplan, während er einen Schritt auf mich zumachte. Aber ich war immer noch schneller als er, drehte mich um und spurtete Richtung Petersplatz, immer im Slalom durch die Leute durch. »Warte mal ... Du machst einen Riesenfehler! Dumme Tussi«, hörte ich ihn noch rufen und dann – immer leiser werdend – jede Menge Flüche.

Ich entdeckte Eloise missmutig auf einer der Absperrketten schaukeln. Die blonde Giraffe stand ein wenig abseits und erklärte den zwei hoch interessierten römischen Polizisten ihre Tattoos.

»Das war nicht unser Plan«, sagte Eloise. »Sah aber genau gleich zerfleddert aus.«

Ich warf ihr meinen Plan vor die Füße und fühlte mich großartig. Wie einer von den drei ???. Oder, noch besser, wie Jack Sparrow.

»Wow, Smill, wo hast du den denn her?«

»Tja«, machte Jack Sparrow und spie einen Strahl Kautabaksaft auf den Boden.

Aber schon ging alles normal weiter. Eloise hatte den Plan auf den Pflastersteinen ausgebreitet und zog sich die Schnürsenkel aus ihren Turnschuhen. »Damit messen wir die Mitte aus.«

Unsere Karte sah inzwischen aus wie ein Papiertischtuch nach dem Essen. Aber unter den Eisklecksen, den Krakeln, Schmutzflecken und Linien konnte man die Stadt immerhin noch einigermaßen erkennen, so wie unter einer Nebelschicht. Ich hielt den Schnürsenkel vom Vatikan zur Schweizer Schule, was der lange Durchmesser des Drachens war. Eloise versuchte, ihren Senkel vom Zoo zum Forum Romanum zu legen, verhedderte sich aber mit den Fingern in der Schnur und kippte vornüber auf die Karte. Wir kicherten und versuchten es noch einmal. Dann kicherte nur noch Eloise. Ich nicht mehr. Ich sagte nur: »Das darf nicht wahr sein.«

»Was?«

»Na, das hier.« Ich versuchte, meine Nase dahin zu lotsen, wo die beiden Schnürsenkel sich kreuzten. Die Karte roch nach Pistazieneis und nasser Pappe. Dann ließ ich das eine Ende der Schnur los und drückte meinen Zeigefinger auf die Mitte des Drachens – genau auf die Biblioteca Hertziana.

Die Bibliothek ist ein alter Palast, in dem Millionen von Kunstbüchern aufbewahrt werden. Und Milliarden von Fotos. Es gibt einen Getränkeautomaten mit Kakao, einen Dachgarten, von dem aus man die halbe Stadt sehen kann, und jeden Mittwoch treffen sich nachmittags die Bibliothekarinnen und machen Chorprobe. Das hört man bis auf den Dachgarten. Das alles weiß ich so genau, weil ich jemanden kenne, der fünfmal die Woche dorthin zur Arbeit geht. Ich kenne diese Person eigentlich sogar sehr gut.

Jedenfalls dachte ich das noch bis vor einer Minute.

21. Kapitel

In dem sich so manches auflöst

»Komm, lass uns weitergehen«, drängelte Eloise und ging ein paar Schritte vor. Ich hatte es nicht so eilig, denn ich hatte ein bisschen Angst vor dem, was mich jetzt erwartete. Wir liefen von der U-Bahn die Spanische Treppe hinauf und dann rechts eine kleine Straße hinunter bis zu einem Haus, an dem ein Messingschild angeschraubt war: »Biblioteca Hertziana«. Ich drückte langsam die Klinke hinunter. In Filmen würde jetzt ein Trommelwirbel eingeblendet. Aber dann hörte ich nur noch das Herzklopfen in meinen Ohren, als wir in den ersten Stock hinaufgingen, zu der Tür ganz hinten rechts.

»Hallo, Papa.«

Wir standen im Arbeitszimmer meines Vaters. Und im Mittelpunkt des Drachens.

Was da jetzt im Einzelnen der Zusammenhang war, wusste ich nicht. Aber es gab ihn. Schon allein deswegen, weil auf dem Schreibtisch ein schwarzer Kasten mit einer kugelförmigen Antenne stand, an dessen einer aufgeschraubten Seite sich gerade ein Mann mit einer Lupe vor dem Auge zu schaffen machte. Dieser Mann hatte außerdem einen Lötkolben in der Hand und eine tischplattenflache Frisur auf dem Kopf. Papa tat kein bisschen überrascht, als er uns sah. »Oh, hallo, Smilla, hallo, Eloise. Das ist ja schön, dass ihr mich besuchen kommt.« Die Sätze klangen wie auswendig gelernt.

»Papa?«

»Ach so, ja, Herrn Doktor Gänsebein kennst du ja schon. Er, ähm, er ...«

»Er bastelt gerade etwas. Ist schon klar, Paps.« Das unangenehme Klopfen in meinem Ohr war immer noch da, aber jetzt wurde ich langsam auch noch wütend.

»Papa. Erstens, sag nicht, dass du etwas mit der Starenschwarmsache zu tun hast. Und zweitens ...«

»Wovon redest du eigentlich?«, unterbrach mich Papa.

»... und zweitens, halt mich bitte nicht für komplett unterbelichtet. Ich bin vielleicht erst fast elf, aber immerhin deine Tochter.«

Mein Vater und Doktor Gänsebein schauten sich kurz an.

»Ha!«, machte Eloise plötzlich und zeigte quer durchs Zimmer auf ein Bild, das auf die Tapete geklebt war. Nein, das war kein Bild, das war ein Stadtplan von Rom. Und auf dem Plan klebten kleine rote Zettelchen, die in der Form eines geometrischen Drachens angeordnet waren.

Der Zooarzt legte seinen Lötkolben zur Seite und fing an, im Bücherregal herumzukramen. Er tat einfach so, als sei er gar nicht da. Papa stand von seinem Schreibtischstuhl auf und begann, im Zimmer auf und ab zu gehen. Ich hätte mich nicht gewundert, wenn sich jetzt auch der schwarze Kasten auf dem Schreibtisch in Bewegung gesetzt hätte und langsam um die Deckenleuchte gekreist wäre.

»Na gut«, sagte Papa. »Es ist nicht so, wie ihr denkt.«

Eloise ließ sich in den Schreibtischsessel plumpsen und meinte nur: »Es sieht aber ziemlich danach aus, was wir denken.«

Paps schaute sie etwas überrascht an, dann seufzte er tief und fing an zu erzählen. »Es ist eigentlich alles ganz einfach.«

Ich wollte gerade darüber nachdenken, wie viel das Wörtchen »eigentlich« in einem Satz ausmachen kann, als ich plötzlich nur noch an Mono denken musste.

»Und was ist mit Mono? Gehört der auch zu eurem Plan?«

»Smilla. Hör mir bitte erst mal zu. Es gibt viel zu erzählen.«

Die nächsten fünf Minuten habe ich dann nur noch wie umnebelt mitbekommen.

»Du weißt, dass ich damals noch mal in den Zoo gegangen bin, um Mono abzuholen und im Park zu begraben. Aber Doktor Gänsebein wollte ihn einfach nicht rausrücken, was mir sonderbar vorkam. Ich habe nicht lockergelassen, bis er mir von seinem großen Plan erzählte.«

Aus der Ecke, wo Gänsebein in den Büchern kramte, brummelte und schnaufte es leise.

»Wollen Sie vielleicht weitererzählen? Nein? Gut. Es ging um irgendein Experiment, für das er ein Versuchstier brauchte. Nun sind in einem Zoo alle Tiere, auch die kleinsten, durchnummeriert und in Listen vermerkt. Der Doktor wollte sich schon ein Kaninchen auf dem Markt kaufen, da kamen wir zufällig mit unserem Mono.«

»Meine Güte, Papa, was erzählst du da? Ihr habt mit Mono Versuche gemacht?!«

»Nein, Doktor Gänsebein hat ihm nur einen Chip eingesetzt, wie er es bei den Katzen im Vatikan auch gemacht hat. Das heißt ...«

»Das heißt, Mono ist wirklich gar nicht tot?« Es fing im Zimmer an zu regnen, die Linien vom Schreibtisch und den Regalen verschwammen, selbst Eloise schwabbelte quallenartig auf ihrem Sessel – okay, ich habe nur noch geheult. Papa nahm mich in den Arm und konnte auch nicht mehr weiterreden.

Da wurde das Grummeln in der Ecke lauter und plötzlich brach es aus Doktor Gänsebein hinaus. »MOMENT«, rief er. »Ihr seid ja so schlau, ihr beiden, ihr habt ja alles verstanden. Aber jetzt sage ich euch mal etwas.« Gänsebein stand bebend vor uns und über seinem tellerflachen Haarschnitt schienen regelrecht Blitze zu zucken. »Ihr habt nämlich keine Ahnung. Ihr habt gar nichts verstanden. Es geht hier nicht um ein Meerschweinchen und auch nicht um einen pupsenden Papst. Es geht darum, dass auf die letzten Orang-Utans Fangprämien ausgesetzt werden, weil der Mensch den Wald für sich braucht. Es geht darum, dass sich in den Mägen von Möwen schon mehr Plastik ansammelt als Fischgräten, weil der Mensch seinen Müll einfach über Bord wirft. Es geht darum, dass es Tiger bald nur noch im Zoo gibt, weil der Mensch sich in jedem Winkel ausbreitet. Tiere sind doch nur Fleisch auf vier Beinen. Ihr Kinder kennt Fisch doch nur als Stäbchen und die Wildnis aus den 3-D-Trickfilmen. Sieben Milliarden Menschen sind wir jetzt auf dieser Erde, und da glaubt ihr, die würden sich um die Rechte von Königstigern, Delfinen und Orang-Utans auch nur einen Deut scheren? Wir sind ja die Herrscher, uns gehört alles, wir können ja machen, was wir wollen. Und deswegen, meine lieben oberschlauen Damen«, Gänsebein hatte jetzt Spuckefäden am Mund und kam mit ausgestrecktem Zeigefinger auf Eloise und mich zu wie ein Matador, »deswegen habe ich mich etwas um die Tiere gekümmert. Okay, okay, ich bin nur ein kleiner Zooarzt. Aber ich habe zumindest etwas unternommen, und zum Glück gibt es noch andere Leute wie deinen Vater, dem auch nicht egal ist, ob Tiere nur Fleisch auf vier

Beinen sind oder ob sie auch wie wir Menschen ein Recht auf die Erde haben.«

Papa nahm den aufgeregten Zoodoktor am Ärmel und drücke ihn auf ein Sofa. Dann holte er einmal tief Luft und erzählte Gänsebeins Geschichte weiter.

»Ich hatte also mitbekommen, dass Doktor Gänsebein etwas für die Tiere machen wollte. Ein Zeichen setzen. Er hatte im Vatikan diesen Schwarm-Steuerkasten geklaut ...«

»Poimnograph. Und von geklaut kann keine Rede sein, bitte schön. Die Putzfrau hatte Dienstbiers Wohnung aufgelassen und ich wollte den Apparat nur einmal selbst testen. Ausgeliehen habe ich ihn mir.«

Eloise grinste und warf mir Grimassen zu.

»Ähm. Genau. Das heißt. Nun ja. Auf jeden Fall gefiel mir der Plan. Die Starenwolken sollten Figuren an den Himmel zeichnen, damit die Menschen bescheidener würden. Damit sie merken, dass sie nicht alles unter Kontrolle haben. Damit sie staunen. Das hat mir eingeleuchtet: Alle Tiere werden Brüder. Die Idee mit der Drachenfigur kam dann schon von mir. Du weißt ja, dass ich gerade diesen Schmöker von Dan Brown gelesen habe.«

Vom Sofa her ließ sich Gänsebein wieder vernehmen: »Und ihr anscheinend auch. Das Dumme an Plänen sind aber immer die Umstände. Euren Mono konnte ich prima steuern. Aber ein Meerschweinchen ist noch lange kein

Schwarm. Bei den Staren musste eine Art Verstärker genau dort stehen, wo die Wolke herumflog.«

»Der Deflektor?«

»Ja, Superhirn Kommandantentochter, ein Deflektor. Davon hatte der Prälat mir immer erzählt und genau den musste ich unauffällig an die Orte bringen. Aber ich habe zum Glück einen Neffen, der ziemlich geschickt ist, wenn es darum geht, sich unsichtbar zu machen.«

Benito. Die Ratte. Die Mistgurke. Aber das dachte ich nur. »Und wieso passierte der Skandal mit Totti, dem Fußballer?«, fragte ich stattdessen.

»Ein Missgeschick. Benito hatte sich im Datum vertan und den Deflektor aus Versehen in seiner Tasche mit ins Stadion genommen. Aber so merkten wir, dass diese Schwarmfiguren die Menschen wirklich aus der Fassung brachten. Sie sahen diese schönen Figuren und wurden plötzlich ganz anders, so aufrichtig und ehrlich. Es war wie ein Zauber.«

Mir brummte der Kopf wie nach einem Deutschaufsatz. Mir war nach Pizza oder Pistazieneis. Ich merkte, dass ich die ganze Zeit mit einem von Papas Kugelschreibern geklickt hatte.

»Aber …«, meldete sich jetzt Elo zu Wort, die wie ein Fernsehkommissar auf ihrem Sessel hin- und herdrehte und an einem Bleistift lutschte, »… aber eins verstehe ich nicht. Was ist am Sonntag auf dem Forum Romanum los gewesen?«

»Das frage ich dich«, legte Gänsebein wieder los und erhob sich vom Sofa. »Das sollte der Höhepunkt werden. Der Papst redet über den heiligen Franz und wir dirigieren einen Vogelschwarm genau über seinen Kopf und lassen ihn ein Fragezeichen machen. Das war der Plan. Benito hatte sich extra einen Ministranten verschafft, um den Deflektor auf die Bühne zu bringen. Aber ihr«, wieder fuchtelte er mit seinem Finger in unsere Richtung, »ihr musstet ja alles kaputt machen.«

»Paps, ich glaube, jetzt müssen wir euch etwas sagen«, meinte ich und fing an zu erzählen. Von der Angst des alten Prälaten Dienstbier und von dem kleinen Geheimnis des Papstes. Davon, was passiert wäre, wenn ein Papst vor laufenden Kameras ausgeplaudert hätte, dass er eigentlich viel lieber Modelleisenbahnen baut, als immer im Mittelpunkt zu stehen. Dass dann viele Leute ihren Glauben vollends verloren hätten.

Gänsebein und Papa fielen aus allen Wolken.

»Auweia«, sagte Papa.

»Au backe«, sagte der Zoodoktor.

»Au ja«, sagte Eloise. »Ihr Plan hätte die Kirche ins Wackeln gebracht. Könnte uns zwar egal sein, aber der Prälat tat uns irgendwie leid. Der hätte dann genauso alt ausgesehen wie Ihre Orang-Utans im Regenwald. Nur mit weniger Haaren ...« Eloise hätte noch lange weitergeplappert, wenn mir nicht gerade etwas eingefallen wäre. »Aber wenn ihr den Schwarm nicht gesteuert habt – wer dann? Ich meine, irgendjemand muss doch das Herz gemacht haben?«

»Das mit dem Herz waren wir nicht. Wir dachten, dass Dienstbier dahintersteckt, mit einer neuen Erfindung«, sagte Gänsebein und schaute ratlos zu Papa. »Aber nach dem, was ihr sagt, waren die Stare …«

»Frei«, sagte ich. »Völlig frei. Keiner hat ihnen mit irgendwelchen Chips was in den Kopf gesetzt, um die Welt oder den Papst oder den Ministerpräsidenten zu retten. Vögel machen, was sie wollen, und manchmal sind sie genau zur rechten Zeit da. Wie damals bei Romulus und vorgestern beim Papst. Die Stare waren …«

»Vogelfrei! Hihi, so nennt man das wohl«, sagte Eloise kichernd hinter ihrem Schreibtisch und sprang auf. »Können wir jetzt endlich Pizza essen gehen, ihr Nesthocker? Ich glaube, auf dem Weg in den Zoo gibt es jede Menge Pizzerien, und ich glaube auch im Namen meiner Freundin Smilla zu sprechen, wenn ich sage: Wir nehmen jede Einladung dankend an.«

22. Kapitel

Wer bisher nicht an Wiederauferstehungen geglaubt hat, der kennt die Stadt Rom nicht

»Ciao, Mono.« Ich schnüffelte noch einmal an dem Fell hinter seinen Ohren und setzte ihn wieder ins Gehege. Wir standen hinter dem Braunbärenberg, ganz am Rand des Zoos von Rom, und um uns herum kreischte, gurrte und flötete es. Ich war so glücklich und traurig gleichzeitig, als hätte jemand vergessen, mich umzurühren. Aber mein Mono lebte und das war die Hauptsache. Während wir durch Rom gejagt waren, war auch Mono nicht untätig geblieben. Doktor Gänsebein hatte ihn immer wieder zu Lisa und den anderen ins Gehege gesetzt, und deswegen wuselten um ihn herum jetzt mindestens ein Dutzend etwas kleinerer, aber genauso krauser Meerschweinchen, und Mono sah ganz so aus, als fände er es ziemlich prima, bald Opa, Uropa und Urururururopa zu werden. Das war jedenfalls besser, als bei uns auf dem Balkon zu sitzen und nur Meerschweinchenköttel zu produzieren.

»Nun komm schon, reiß dich los«, sagte Eloise.

»Ciao, mein süßer Mono, aber ich besuche dich. Jede Woche. Ganz sicher.«

Mono zitterte mit seinen Barthaaren in der Sonne und nagte rasend schnell ein Salatblatt in sich hinein. Ich vermute mal, er würde über die Trennung hinwegkommen.

Das war dann auch so, und wer diese ganze Geschichte nicht glaubt, der kann in den Zoo von Rom gehen, zum Gehege hinter den Braunbären, und dann wird er schon sehen, wie viele kraushaarige Urururururenkel und -enkelinnen von Mono da herumspringen, mit den Barthaaren in der Sonne zittern und Grünzeug mampfen. Nur eingepflanzt hat ihnen keiner etwas.

Wir nahmen die Straßenbahn vom Zoo zurück nach Hause. Sie quietschte in den alten Gleisen, und als wir über die Tiberbrücke ratterten, musste ich wieder daran denken, wie hier alles angefangen hatte. Jetzt waren endlich Ferien, morgen früh würde Papa das Auto vollpacken und Mama kurz vor der Abfahrt noch drei »klitzekleine Handtäschchen« anbringen und dann würde ein langer Sommer beginnen. Aber vorher mussten Eloise und ich noch etwas erledigen.

Die Straßenbahn machte einen letzten Hüpfer und blieb erleichtert auf dem Risorgimento-Platz stehen. Der Fahrer faltete die Fußballzeitung sorgfältig zusammen, die er während der Fahrt gelesen hatte, klappte sein Telefon zusammen, die Sonnenbrille auf die Nase und tänzelte die Stufen der Tram herunter wie ein Schauspieler bei der Preisverleihung.

Wir gingen gemeinsam die hohe Steinmauer des Vatikans entlang. Es war blöd, dass wir uns jetzt so lange nicht sehen würden.

»Komm doch mit«, sagte ich zu Eloise, wie jedes Jahr. Und wie jedes Jahr antwortete sie: »Geht doch nicht, wir müssen ja ins Wallis.«

»Wallis-Pallis, wir sollten gewisse Ärzte fragen, deinen Eltern einen Chip einzupflanzen. Dann kommen sie mal auf neue Ideen.«

Vor dem Angelica-Tor zum Vatikan standen wie üblich die Touristen und hielten ihre Fotohandys hinein. Das sah ziemlich merkwürdig aus. Als wollten sie irgendetwas ansaugen oder so. Eloise und ich gingen einfach unter dem Torbogen durch. Die beiden Schweizergardisten grüßten uns, und Eloise sagte wieder: »Gut so. Abtreten.«

»Moment, Fräulein Kommandeurin«, rief ihr der Gardist hinterher. »Da ist noch etwas angekommen für Sie.«

Eloise verschwand in der Wachstube der Garde und schleppte wenig später ein großes, unförmiges Paket mit einer Beule oben heraus.

»Mann, hilf doch mal, Smilla.«

An dem Paket hing eine Karte. Vorne war das Bild einer dicken telefonierenden Frau zu sehen, die einen rosa Pudel an der Leine hielt, während der Pudel etwas gar nicht Rosafarbenes auf den Teppich deponierte. Auf der Rückseite stand etwas gekritzelt. Eloise versuchte, es zu entziffern:

»Still verschwindet im Gehege
der Tierarzt, dass er nur noch pflege
des Löwen Zahnschmerz oder so.
Papst und Stare lass ich sein,
entschuldigt mich fürs Pipapo,
gehabt euch wohl!
Der Gänsebein.«

»Auweia«, meinte Eloise und reichte mir den Zettel rüber. »Wenn er so operiert, wie er dichtet, wird es im Zoo bald keine Tiere mehr geben.«

Ich kicherte. Jedenfalls hatte der Zoodoktor eine Klaue wie ein Schimpanse.

In den Vatikan zu kommen, war immer so, als steige man gerade aus einer Zeitmaschine aus. Alles war ruhig und altmodisch, als wären Rom und der Rest der Welt ganz weit weg. Wir gingen unseren Geheimweg an der Kaserne vorbei zum Petersdom, einmal quer durch die Kirche und hinter der Umkleidekabine der Priester (ich weiß, dass das anders heißt) wieder hinaus.

Ambrosius Dienstbier erwartete uns bereits. Er hatte sogar den Tisch gedeckt und eine Schale Oblaten bereitgestellt. »Ich hatte leider gerade nichts anderes zur Hand«, meinte er entschuldigend. Er bot uns keinen Platz an, sondern grapschte gleich nach dem Paket. »Kommt, ich nehme euch diese Last ab. Ach, endlich! Mein Poimnograph, mein lang vermisster Wunderkasten, Freude meines Alters, Blüte meines Geistes, Werkzeug meines Glaubens – apropos, wo ist eigentlich meine Werkzeugkiste?«, murmelte der Alte und verschwand in einem der hinteren Räume. Eloise und ich setzten uns an den Tisch und steckten uns Oblaten in den Mund. Die schmeckten wie Mamas Tofu und klebten einem am Gaumen fest.

Dienstbier kam mit einer Kiste wieder zurück, kramte daraus einen Schraubenzieher hervor und begann damit, an seinem Poimnographen herumzuschrauben. Kaum war die erste Seitenplatte abmontiert, riss er mit seinen dürren Fingern an den Kabeln herum: »Mggghhhmmm«, ächzte er, den Mund voll grüner Kabel, die er durchbeißen wollte. »Herr Dienstbier, ist Ihnen nicht gut?«, fragte ich.

»Hhhrrrrmmmgbbll! Ptitt«, machte der Prälat und spuckte eine Diode aus. »Der Apparat richtet jedenfalls keinen Schaden mehr an.« Er biss zum Schluss noch einmal in das gelb-grüne Erdungskabel.

»So«, sagte Dienstbier beruhigt und pulte sich einen Kabelrest aus seinem Backenzahn. »Geschafft! Das war's mit dem Schwarmschreiber made in Vatikan. Mein ganzer Plan war von Anfang an lästerlich und lächerlich. Und wisst ihr auch, warum?«

Wie immer gab Dienstbier sich selbst die Antwort, und außerdem konnten Eloise und ich auch gar nicht sprechen, weil wir Oblaten am Gaumen kleben hatten. »Weil man die Natur nicht steuern braucht. Deswegen. Was für ein – verzeiht einem alten Gottesdiener das Wort – Hornochse ich war! Die brauchen uns nicht, um Wunder zu vollführen. Schaut nur …« Er trat ans Fenster seiner Wohnung und da waren sie: Tausende von kleinen Punkten, jeder Punkt ein Star, und sie ballten und kringelten sich, malten Schleier und Kugeln in den blauen Himmel über den Pinien, völlig ausgelassen und völlig geordnet. Es war wirklich wunderschön.

»Entweder die Leute sehen, wie schön das ist, oder sie sind blind. Jedenfalls braucht dafür niemand einen alten Mann und seine Apparate.« Dienstbier wirkte erleichtert und ein wenig erschöpft. »Geht jetzt, Kinder. Ich muss mich ausruhen von den Aufregungen. Meldet euch, wenn die Ferien vorbei sind, dann können wir gemeinsam etwas Schönes unternehmen, vielleicht die heilige Messe besuchen und …«

»Das wäre bestimmt super, echt, darauf freuen wir uns schon riesig, oder, Smilla?«, sagte Eloise und zwinkerte mir ungeniert zu.

»Schön, schön. Dann also erholsame Ferien und grüßt mir ...«

»Tschü-üs!«

Eloise und ich gingen die hohe Ziegelmauer entlang in Richtung Eisdiele. Da oben hinter der Mauer saß jetzt vermutlich ein alter Mann mit weißem Käppchen und hatte keine Ahnung, was er uns alles zu verdanken hatte. Am Kiosk hing die neueste Ausgabe des »Römischen Beobachters«. Das Blatt des Papstes. Ich schaue da eigentlich nie genauer hin, weil schon allein die Überschriften immer total langweilig sind. Aber heute musste ich doch genauer hinsehen. Es war nur eine kleine Meldung am Rande der ersten Seite. Den Touristen würde sie wahrscheinlich gar nicht auffallen. Ich schaute Eloise an und Eloise schaute mich an. Es dauerte eine Quilliardstelsekunde, dann prusteten wir beide los, lachten, bis wir keine Luft mehr bekamen und die Touristen sich nach uns umdrehten.

Es ist schon sehr prima, eine beste Freundin zu haben. Aber Dinge zu wissen, von denen sonst niemand weiß, obwohl sie ganz klar zu sehen sind – das ist auch ein verflixt gutes Gefühl.

Notizen

Der päpstliche Chefgärtner und Verantwortliche für die vatikanischen Parks, Massimo Crustini, teilte gestern am Rande einer Beetbegehung mit, dass in Kürze mit dem Bau einer Modelleisenbahn in den päpstlichen Gärten begonnen werde. Das Projekt, ausgeführt im international üblichen Eisenbahner-Maßstab H0, sei, so heißt es, »auf allerhöchsten Wunsch zustande gekommen«.